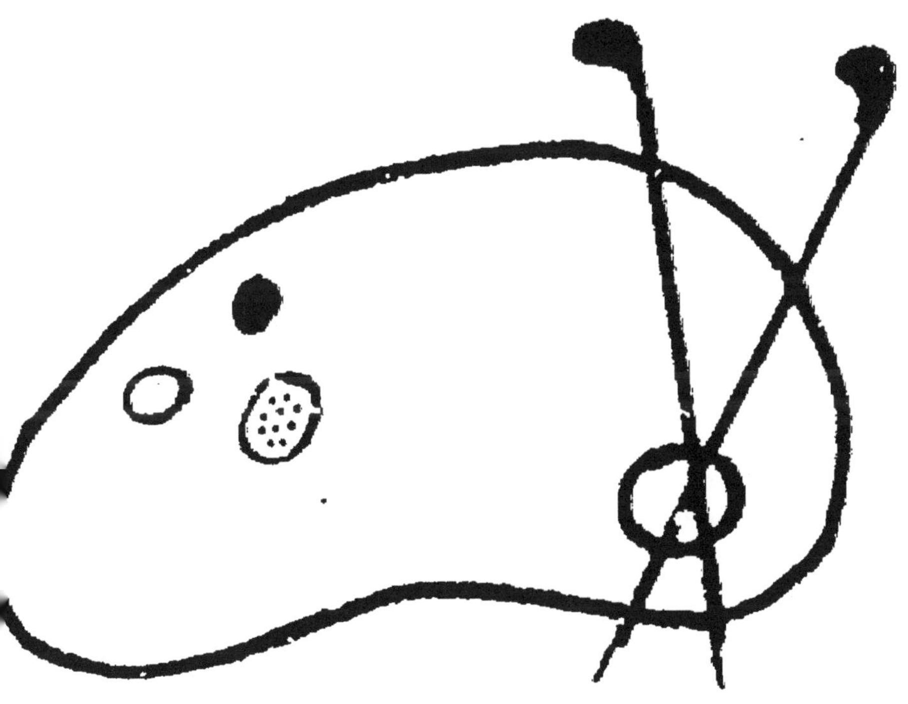

Couvertures supérieure et inférieure
en couleur

L'ÉMERAUDE DE BERTHE

PAR M. ANGE VIGNE

LIBRAIRIE DE J. LEFORT
IMPRIMEUR, ÉDITEUR

LILLE
rue Charles de Muyssart, 25

PARIS
rue des Saints-Pères, 30

L'ÉMERAUDE DE BERTHE

La petite voix de Nelly, maintenant faible et enrouée, continuait à crier : « Allumettes bonnes, bonnes allumettes ! »

M. ANGE VIGNE

L'ÉMERAUDE DE BERTHE

CINQUIÈME ÉDITION

LIBRAIRIE DE J. LEFORT

IMPRIMEUR, ÉDITEUR

LILLE
rue Charles de Muyssart, 24

PARIS
rue des Saints-Pères, 30

1879

L'ÉMERAUDE DE BERTHE

I

La jeune malade.

Par une de ces délicieuses soirées d'automne qu'attiédit et dore le beau soleil d'Italie, et qui, sous le climat de Nice, revêtent un éclat et un charme saisissants, deux personnes franchissaient le seuil d'un des plus beaux hôtels qui décorent le riche faubourg de la Croix de marbre. L'une était un homme de cinquante ans environ, de grande taille et de manières distinguées, dont les traits, d'une vigueur mâle, reflétaient par intervalles des pensées anxieuses, éveillées sans doute par la situation de la jeune fille dont le bras s'appuyait sur le sien. Celle-ci paraissait avoir seize ans à peine. Des cheveux d'un blond cendré encadraient son visage tantôt pâle comme une sculpture antique, tantôt coloré de cette teinte d'un rose vif que donne la fièvre. Son œil d'un bleu tendre, tantôt mat et terne, reluisait parfois, comme son visage, d'un éclat étrange; sa respiration était haletante, sa marche pénible, et son compagnon la portait plutôt qu'il ne la conduisait.

C'était M. Durbain, père de la jeune fille, qui, elle-même, répondait au nom de Berthe. M. Durbain, riche négociant de Lyon, veuf depuis longtemps, avait reposé sur sa fille unique toutes ses espérances comme tout son amour. Homme de mœurs polies, honnête selon le monde, délicat au point de vue de la probité, par le malheur des temps et l'influence du milieu dans lequel il avait vécu, de tous les enseignements d'une mère chrétienne, il n'avait retenu dans la pratique que l'exercice de la charité. Sa main s'ouvrait toujours large et généreuse pour le pauvre. Quant à Berthe, elle avait reçu une éducation des plus distinguées; elle était douce, bonne, pieuse; mais, en naissant, elle avait apporté un germe fatal qui devait flétrir sa jeunesse dans sa fleur et la ravir à son père au moment où le terme de son éducation allait enfin la rendre au foyer paternel, si longtemps désolé par son absence.

M. Durbain n'avait pas tardé à s'apercevoir de l'état de sa fille, et il en avait conçu des craintes d'autant plus sérieuses que la mère de Berthe avait succombé aux atteintes du même mal.

Tout entier à sa sollicitude paternelle, et voulant à tout prix sauver, ou du moins conserver autant que possible une existence qui lui était si chère, le négociant lyonnais avait laissé là son comptoir et ses affaires et s'était enfui avec son enfant vers des climats plus doux. Une chaise de poste les avait amenés à Nice, où ils étaient arrivés depuis quelques jours et où ils se proposaient de passer l'hiver.

En ce moment, le père et la fille se dirigeaient vers la magnifique terrasse couchée au bord de la mer et qui sert de promenade à la ville. Ils vinrent s'asseoir sur un banc de pierre, en un lieu délaissé de la foule bruyante des promeneurs. De là le regard pouvait se reposer, d'un côté, sur les flots de la Méditerranée qui s'étendaient à leurs pieds, lisses et immobiles comme une immense nappe d'azur; de l'autre, sur les vergers et les champs voisins, où rayonnaient, comme des étoiles, des milliers de fruits d'or; sur les collines s'étageant au loin avec leurs couronnes d'oliviers pâles; sur les cimes lointaines des Alpes, où les derniers feux du jour venaient doucement mourir.

Berthe enivra un moment ses regards de cette perspective enchanteresse; elle contempla tour à tour la verdure, les flots et le ciel, et ses yeux restèrent enfin levés vers ce ciel si profond et si limpide. L'expression de sa physionomie était celle de la méditation. On eût dit qu'au delà de cet azur céleste qui planait sur sa tête, la jeune malade cherchait à lire le mot de sa destinée. M. Durbain la considéra d'abord en silence, puis, tressaillant, il lui dit :

« Qu'as-tu donc, ma fille, à regarder ainsi le ciel ?

— Mais, mon père, répondit l'enfant, je pensais qu'il serait bientôt ma demeure.

— Ta demeure ! s'écria le père infortuné pour qui ces paroles furent un coup de foudre, — c'était la première fois, que, devant lui, Berthe trahissait le sentiment de sa situation ; — ta demeure !... laisse-là ces folles pensées, enfant !... est-ce à ton âge que l'on songe à mourir ?... Vois plutôt cette nature qui nous environne : comme elle est vigoureuse et rayonnante de jeunesse, bien que l'automne soit venu, la saison où ailleurs les feuilles tombent.... Cet air tiède et balsamique, ce chaud soleil qui lui communique tant de force et de grâce, auront bientôt rendu à tes frêles poumons leur élasticité première.... Regarde-moi, Berthe, et que ton œil me dise que tu ne songes plus à me quitter ! »

La jeune malade obéit et essaya de sourire; mais une larme voilait ses paupières. Sous cet humide regard, le père tressaillit de nouveau et détourna subitement la tête : des pleurs coulaient aussi de ses yeux.... Il saisit le bras de l'enfant : « Viens, ma fille, lui dit-il; quittons ce lieu : il nous serait funeste !... » Et il l'entraîna au milieu des flots des promeneurs sous les allées touffues de la terrasse.

Berthe déplorait intérieurement la faute involontaire qu'elle avait commise en révélant à son père le secret terrible qu'elle avait pris tant de soin à lui cacher, et pour la réparer autant que possible, la jeune fille affectait une gaîté qui n'était pas dans son cœur.

Ce fut de sa voix la plus caressante et la plus joyeuse qu'elle rappela les heures insouciantes de son enfance, parla du retour à la maison paternelle, de ses compagnes absentes, de ses projets d'avenir. Son père ne put croire qu'elle ne songeait plus à sa mort prochaine; mais au nuage sombre qui planait sur le front de M. Durbain, on voyait que le triste aveu échappé à la distraction de sa fille n'avait fait que confirmer dans son esprit des craintes, hélas! trop fondées.

De retour à l'hôtel, Berthe se retira dans sa chambre. Le père et la fille avaient besoin d'isolement pour se livrer l'un et l'autre sans contrainte aux émotions douloureuses qu'avait éveillées dans leur âme la scène de la terrasse. Dès qu'elle fut seule, des larmes abondantes ruisselèrent des yeux de la jeune fille; les paupières de M. Durbain étaient sèches, mais son cœur exhalait des gémissements funèbres et de lugubres sanglots.

Il y avait toutefois une grande différence entre la douleur du père et celle de la fille. La douleur de Berthe était calme et résignée; la pieuse enfant, munie de sa foi, voyait le ciel prêt à la recevoir; tandis que celle du père, fiévreuse, agitée, n'entrevoyait qu'une tombe prête à s'ouvrir et une éternelle séparation. L'une était adoucie par l'espérance chrétienne; l'autre rendue plus amère par le désespoir, fruit de l'incrédulité.

II

Le désespoir.

Un an s'était écoulé depuis que nous avons rencontré M. Durbain et sa fille dans le faubourg de Nice; un nouvel automne est venu, et c'est au sein d'une nature attristée par les brouillards et la chute des feuilles, à Lyon, sur les bords nuageux de la Saône et du Rhône, que nous retrouvons le père avec sa douleur de jour en jour plus poignante, la fille avec sa maladie qui la mine sourdement et va bientôt l'immoler.

Berthe est dans son lit, pâle, exténuée ; son œil est éteint, ses doigts amaigris pressent un rosaire ; sa poitrine se soulève lentement et avec effort ; sa tête s'appuie sur l'épaule de son père, qui, assis au chevet de la jeune fille et penché sur sa couche, la contemple avec des yeux effarés.

Nul bruit ne troublait le silence mystérieux de cette scène, quand Berthe, levant les yeux vers son père, lui dit :

« Mon père, vous me ferez une promesse ?

— Laquelle, ma fille ? Hâte-toi de t'expliquer, afin que je me hâte de te satisfaire.

— Mon père, répondit la malade, demain.... »

Elle hésitait....

« Achève, reprit le père tremblant....

— Oui, il faut bien vous le dire : demain.... je ne serai plus de ce monde !

— Demain ! s'écria M. Durbain en frémissant d'épouvante..., et un sanglot étouffa sa voix....

— Oui, répéta Berthe, demain j'aurai rejoint ma mère.... Mais ne me regardez pas ainsi, mon pauvre père : je ne serai pas perdue pour vous.... Oh ! si je pouvais, en vous quittant, emporter l'espérance que vous vous consolerez !... Ne savez-vous pas, mon père, que Dieu est bon ?... un jour il nous bénira là-haut !... »

Hélas ! ces paroles de la malade tombèrent comme

un plomb mortel sur le cœur de M. Durbain. Pour l'homme qui croit, la mort, séparation momentanée, a ses déchirements et ses tortures; mais, sous les voiles douloureux de ses mystères, elle laisse subsister la lueur consolante de l'espérance; pour celui, au contraire, qui ne croit et n'aime pas, elle est un abîme plein de ténèbres; elle ne se borne pas à éloigner pour un temps un objet chéri : elle le brise et l'anéantit.

M. Durbain, comme nous l'avons déjà insinué, avait le malheur d'appartenir à la classe infortunée des incrédules; et quoique depuis longtemps il eût perdu tout espoir de conserver sa fille, il n'avait pu se familiariser à l'idée terrible que le seul être qu'il aimât sur la terre allait lui être ravi pour toujours....

« Non, s'écria-t-il au milieu de ses sanglots, non, tu ne partiras pas!... Je saurai bien te retenir!... »

La jeune fille sourit et pleura tout à la fois. Sa voix affaiblie murmura tout bas : « La douleur trouble votre esprit, mon père; mais Dieu vous visitera, j'en suis sûre.... Hélas! vous l'avez oublié jusqu'à ce jour; mais il a vu votre main compatissante soulager le pauvre, il soulagera votre douleur... Et puis, quand je serai auprès de lui, je ne vous oublierai pas.... »

Ces paroles n'atteignaient point jusqu'à l'âme bouleversée de M. Durbain. Pâle et immobile, les yeux fixés sur la malade, les bras convulsivement serrés sur sa poitrine, il ne répondit que par un gémissement sourd et profond.

Berthe reprit, en recueillant toutes ses forces pour donner à sa voix plus de sonorité :

« Voici la promesse que vous allez me faire : vous continuerez à être charitable envers les pauvres ?

— Oui, répondit M. Durbain sans trop savoir ce qu'il disait.

— Et maintenant veuillez faire appeler un prêtre, et je mourrai contente....

— Oui, répondit encore le pauvre père ; » et, par un mouvement machinal, il agita la sonnette. Ce fut machinalement aussi qu'il dit à la garde-malade accourue à son appel : « Ma fille réclame un prêtre. »

Le lendemain, ainsi qu'elle l'avait annoncé, Berthe expirait dans les meilleurs sentiments de piété et de résignation ; sa dernière parole fut une prière pour son père, prière que la pauvre enfant alla sans doute achever dans le paradis.

Quant à M. Durbain, il était comme fou de douleur. On fut obligé de l'arracher de force du lit de la morte, qu'il pressait dans ses bras et dont il ne pouvait pas se séparer. A quelques paroles incohérentes qu'il avait prononcées, on craignit qu'il n'eût l'intention d'attenter à sa vie, et un de ses serviteurs fidèles le garda à vue dans ses appartements.

Au bout de quelques jours, son désespoir furieux s'était calmé sans qu'il eût toutefois recouvré le libre exercice de ses facultés. Tantôt sombre et farouche, il se promenait à pas précipités dans sa chambre ; tantôt il pleurait comme un enfant, en appelant sa fille ; tantôt il s'affaissait dans un fauteuil, s'endormait, et, dans ses rêves, le nom de Berthe était toujours sur ses lèvres. Ses amis crurent sa raison égarée sans retour ; mais, un jour, à la suite d'un de ses rêves, où, plusieurs fois, il avait, avec un accent presque joyeux, répété le nom de sa fille, se réveillant en sursaut, il dit au domestique qui dormait à ses côtés :

« Tu ne l'as pas vue ?

— Qui ? reprit le serviteur étonné.

— Elle ! »

Et comme le domestique ne répondait pas, il ajouta :

« Je l'ai vue dans sa robe d'ange ; elle a pris ma main dans la sienne, et elle m'a dit : « Vous m'avez promis d'être charitable envers les pauvres ! » Oh ! ma fille ! ma fille ! est-il donc vrai que tu existes encore ?... Ton vœu sera exaucé. »

Aussitôt il ordonna de distribuer, au nom de sa fille morte, de larges aumônes ; et, à dater de ce moment, sa raison lui revint. Il songea dès lors à se remettre à ses affaires, pensant que les occupations de l'esprit feraient diversion aux angoisses de son cœur.

III

Encore un abîme.

Un malheur n'arrive jamais seul, dit un proverbe qui se réalise, hélas ! trop souvent : M. Durbain devait en faire la triste expérience, et perdre du même coup, pour ainsi dire, sa fille et sa fortune.

Depuis la maladie de Berthe, le négociant lyonnais, absorbé, comme nous l'avons dit, par les soins que réclamait son enfant, avait abandonné la direction de ses affaires à un homme en qui il avait une entière confiance. Celui-ci, soit par l'effet d'une gestion inintelligente, soit plutôt par des manœuvres coupables — comme le fit soupçonner sa fuite soudaine au moment où son patron manifesta l'intention d'agir désormais par lui-même, — avait dilapidé en deux ans la fortune considérable de M. Durbain.

Quand le père de Berthe, d'une main frémissante, eut parcouru ses livres et constaté sommairement que la vente de ses terres et de son riche mobilier suffirait à peine pour combler le déficit de sa maison, pâle d'émotion et d'effroi, les lèvres crispées, il s'écria :

« C'est mon dernier coup.... je suis perdu ! » Puis, après un instant de silence et de réflexion, du ton froid et sec d'un désespoir accepté, il ajouta : « Enfin le moment est venu d'en finir avec cette vie d'angoisses et de tortures !... »

De nouveau la tentation de suicide avait traversé son âme ; et, cette fois, il l'accueillait dans toute la plénitude de sa raison.

Toutefois l'intérêt de son honneur, qu'il voulait laisser sans tache après lui, l'obligea d'ajourner l'exécution de son funeste dessein. Avant de se débarrasser du fardeau de la vie, il lui fallait débrouiller le chaos de ses affaires et préparer avec ses créanciers un arrangement qui mît sa probité à l'abri de tout soupçon et de tout reproche. La mort de sa fille avait désorganisé pour un temps ses facultés mentales ; il n'en fut pas de même du désastre de sa fortune. Une fois sa résolution prise, il se livra, avec une activité prodigieuse, avec une intelligence supérieure, aux opérations multiples qu'exige un bilan compliqué. Deux mois s'étaient à peine écoulés qu'il s'était rendu un compte exact de son *actif* et de son *passif*. Il était ruiné ; mais il pouvait faire face à toutes ses dettes, et nul n'aurait le droit de jeter à son nom l'épithète déshonorante de *banque-*

routier ! Dans sa pensée, il ne lui restait plus qu'à mourir....

Au-dessus de la console où reposaient les armes fatales, se trouvait, accroché à la muraille et couvert d'un voile de deuil, le portrait de sa fille. Son regard se porta sur le tableau ; il écarta le voile sombre qui dérobait à sa vue les traits de Berthe, contempla un instant cette figure angélique et sereine qui semblait lui sourire, et sentit une larme couler sur sa joue : « Céleste apparition, dit-il, tu m'as fait revivre une fois, mais aujourd'hui l'arrêt est porté ! hélas ! je ne te reverrai plus !... »

Il saisissait un des pistolets, quand son cœur s'agita sous une dernière pensée d'amour paternel ; « Non, murmura-t-il, pas encore !... et pas devant toi.... » Il détacha une couronne d'immortelles placée au pied du portrait et sortit. Avant de mourir, il allait au cimetière, déposer sur la tombe de sa fille cette offrande symbolique dont l'infortuné ne connaissait pas encore le sens.

Après avoir arrosé de ses larmes le marbre du mausolée et dit un adieu suprême à celle qu'il ne croyait plus revoir ni dans ce monde ni dans l'autre, il hâtait ses pas, pressé d'accomplir son fatal projet, quand, au détour d'une rue, il est arrêté par un vieillard qui tend vers lui une main décharnée et lui demande l'aumône d'une voix suppliante et au nom de Dieu. En ce moment, M. Durbain crut voir l'image de sa fille qui lui disait : « Vous m'avez promis d'être charitable envers les pauvres !... » Il voulut jeter sa bourse au mendiant ; mais il ne la trouva pas sur lui. Au petit doigt de sa main gauche brillait une émeraude de grand prix ; c'était le seul bijou de sa famille qu'il eût conservé. La main de Berthe l'avait consacré, et M. Durbain avait résolu de l'emporter avec lui dans la tombe. La bague passa de sa main dans celle du pauvre. Il fit à la charité le plus héroïque sacrifice qu'il fut en son pouvoir d'accomplir.

Rentré chez lui, il monte dans son appartement ; mais au lieu de s'armer de ses pistolets, comme il l'avait résolu, il arrête de nouveau ses regards sur le portrait de Berthe et s'assied sur un fauteuil en face de cette image chérie.

Bientôt son front se rassérène ; il est sous l'influence, non d'un songe — car il ne dormait pas, ses yeux étaient grands ouverts, — mais d'une sorte d'hallucination merveilleuse. Il voyait sa fille.... c'était bien elle : sa démarche, ses traits, son sourire, sa voix douce et harmonieuse !... Comment s'y serait-il mépris ?... Elle lui disait : « Père, votre heure n'est pas venue.... nous nous reverrons un jour ! »

Et lui répondait : « Ce n'est point un rêve ; et pourtant, ma fille, je croyais que tu m'avais quitté pour toujours !...

— Vous avez été charitable selon votre promesse !... »

En disant ces mots, la jeune fille lui montrait un vieillard ; c'était ce même mendiant à qui M. Durbain avait jeté la riche émeraude de Berthe en revenant du cimetière : « Votre dernière aumône a touché le cœur de Dieu, ajouta-t-elle, et il vous conduira en un lieu où vous apprendrez comment renaît l'espérance et s'ouvrent les portes du ciel ! »

En même temps, le négociant se croyait transporté dans un sanctuaire où des moines en robe blanche priaient et chantaient ; il prenait place au milieu d'eux ; son cœur nageait dans des délices inconnues ; il lui semblait qu'une nouvelle vie venait d'éclore pour lui, et il entendait une voix solennelle, qui n'était pas celle de Berthe, lui dire : « Parce que tu as fait la charité, je purifierai ton âme dans les eaux de la pénitence, et tu reverras ta fille bien-aimée. » Puis, une main mystérieuse posait sur sa tête une couronne d'or pur, ornée de pierreries splendides, au milieu desquelles brillait d'un éclat céleste l'émeraude donnée au mendiant....

IV

Comment renaît l'espérance et s'ouvrent les portes du ciel.

M. Durbain se releva de son fauteuil, le cœur agité d'indéfinissables émotions. Son incrédulité et son désespoir étaient vaincus.... Les douces et sereines croyances de son enfance, les leçons d'une mère qu'il avait longtemps pleurée, les exemples de sa femme et de sa fille qu'il avait vues mourir comme des anges, se présentèrent alors à son esprit, et le remplirent d'un sentiment ineffable de consolation et d'espérance qui anéantissait son horrible résolution, et retombait, comme un baume divin, sur les profondes et douloureuses blessures de son cœur. Il enferma les pistolets dans un tiroir de son secrétaire, et, agenouillé au pied du portrait de Berthe, il pria longtemps et avec ferveur. La prière acheva de mettre le calme dans son âme. La nuit était venue : il dormit d'un sommeil paisible, et le lendemain, aux premières lueurs de l'aurore, il était sur la route de Grenoble, se dirigeant vers la Grande-Chartreuse.

Il fut accueilli par les pieux enfants de saint Bruno,

comme un frère malade et fatigué qui a besoin de repos et de consolations.

Quatre années s'écoulèrent pour M. Durbain, devenu frère Jérôme, dans la solitude de la Chartreuse; années pendant lesquelles la Providence lui ménagea avec tendresse et les douceurs de l'espérance et les parfums amers de la pénitence chrétienne. Enfin, cinq ans après la mort de sa fille, jour pour jour, il s'endormit en paix dans le Seigneur, et vit les portes du ciel s'ouvrir devant lui.

Le saint religieux de qui nous tenons cette touchante histoire nous montra dans le cimetière des moines la tombe du frère Jérôme. Sur l'humble croix qui la marquait on avait inscrit ces paroles des livres saints :

« ELEEMOSYNA OPERIT MULTITUDINEM PECCATORUM. »

LA SŒUR
DU CONDAMNÉ

I

La prison militaire. — Lettre d'Edouard à sa sœur.

Edouard est un enfant de la Provence. Il a vu le jour dans l'antique cité d'Arles, autrefois la métropole des Gaules, aujourd'hui ville déserte entourée d'un immense désert. Edouard a les qualités et les défauts de ses compatriotes : nature ardente, cœur généreux, mais tête chaude à l'excès. A vingt-deux ans, maréchal-des-logis dans un régiment de hussards en garnison dans une de nos places fortes du Nord, doué d'une intelligence supérieure, aussi instruit que peut l'être un jeune homme de son âge, passionné pour son état, il avait devant lui un brillant avenir. Sans crainte de se surfaire, il pouvait se dire qu'il portait dans sa giberne de sous-officier, sinon un bâton de maréchal de France, au moins de nobles épaulettes. Hélas! toutes ces espérances qui faisaient battre le cœur du jeune homme, comme un beau rêve suivi d'un lugubre réveil, venaient d'être brisées tout à coup; et c'est sous les voûtes humides d'une prison militaire, dans la cellule des condamnés au dernier supplice, que nous le retrouvons, l'âme en proie, non aux remords, mais au désespoir.

Un rayon du soleil printanier pénètre dans le cachot par l'étroite fenêtre grillée qui mesure aux condamnés le jour et l'air. C'est le matin. A cette lueur naissante, Edouard quitte son grabat, sur lequel il a trouvé, durant la nuit, au lieu du sommeil qui répare les forces et fait oublier les chagrins, des songes horribles et une insomnie plus affreuse encore. Le jeune homme sourit tristement au rayon d'or qui, venant obliquement sur la fenêtre, en dessine les barreaux sur le mur opposé.

Au moyen d'un escabeau de bois qui lui sert de siège, il se hisse jusqu'à l'ouverture élevée pour respirer quelques bouffées de brise fraîche que réclame sa poitrine brûlante. Sa main saisit les barreaux contre lesquels sa tête va se coller, et il reste ainsi suspendu aussi longtemps que ses forces lui permettent cette position.

La prison étant située sur une éminence, un splendide horizon s'ouvrait sous les yeux d'Edouard. Une rivière aux flots calmes déroulait lentement ses ondes dans le lointain, et, dans le lointain plus profond encore, un voile de blanches vapeurs, flottant le long des montagnes comme un duvet aérien, formait de ses teintes molles ou douces le fond du tableau; plus près, des prairies où paissaient quelques vaches laitières, des vergers où des pommiers étalaient la neige rosée de leurs fleurs.

L'âme méridionale d'Edouard était bien faite pour saisir toute la poésie d'un pareil tableau. Mais le contraste de cette nature calme et souriante, s'épanouissant au soleil comme une radieuse espérance, de ces fleurs et de cette verdure, de cette brise et de ces oiseaux, ce contraste, avec sa situation présente, ne pouvait lui échapper, et devait faire naître en son cœur d'amères et désolantes pensées.

Quand ses forces épuisées l'obligèrent d'abandonner le grillage, il retomba sur son escabeau, pâle, morne, la poitrine oppressée. Il cacha son visage dans ses mains, et, au défaut des larmes que ses yeux refusaient à sa douleur, il trouva dans son cœur de funèbres gémissements.

Dans le spectacle qu'il venait d'avoir sous les yeux,

l'infortuné voyait une sorte de dérision jetée à son malheur. Jamais le soleil ne lui avait paru si radieux, le ciel si limpide, l'air si pur, les prairies si vertes, les fleurs si embaumées ; et, sa tête égarée prêtant des passions à cette nature inerte, il lui semblait qu'elle n'avait revêtu tant de charmes que pour rendre plus affreux ce cachot humide, aux murailles moisies, qui l'enveloppait de ses ténèbres, et ne devait le rendre au jour et à l'air du ciel que pour l'offrir aux balles meurtrières de la justice militaire.

Ce fut le signal d'une crise horrible. Le malheureux jeune homme s'en prenait à ce qu'il y a de plus saint pour maudire et pour blasphémer. La foi de son enfance, que l'entraînement des passions avait attiédie sans la détruire, expirait dans son âme sous l'étreinte d'un désespoir affreux ; et de cette âme désolée sortaient d'affreuses paroles contre le Dieu en qui naguère il avait cru, qu'il avait adoré et aimé, et qui le laissait mourir, disait-il, au moment où la vie ouvrait devant lui de riches perspectives, et mourir d'une mort infâme dont la honte allait rejaillir sur sa mémoire et sur tout ce qu'il avait aimé.

L'infortuné rugissait, et son regard, cherchant le ciel à travers les barreaux de sa prison, lançait des éclairs de colère. Une heure s'écoula dans ce paroxisme de fureur, et les traits du jeune homme, défigurés par les violentes passions qui l'agitaient, avaient pris un air sauvage et effrayant.

Enfin, comme l'arc soumis à une tension trop violente, brisé par cette lutte intérieure, il tomba sur les dalles et fut longtemps à recouvrer ses forces anéanties. A son réveil de ce lugubre sommeil de l'épuisement, il s'était fait un peu de calme dans son âme. Des larmes coulèrent de ses yeux et contribuèrent à le soulager. Il se releva, non sans peine, et vint se jeter sur son grabat.

Quelques instants après, il tira un portefeuille de la poche de sa tunique de condamné, parcourut quelques lettres avec des yeux émus, puis le replia en disant :

« Pauvre Andréa ! pauvre sœur ! je ne te reverrai plus !... Un de ces jours tu apprendras que tu eus un frère pour ta honte !... — Un sanglot étouffa sa voix. — Chère et douce enfant, ajouta-t-il, tu joues peut-être en ce moment avec tes compagnes !... Tu ris de ce rire si naïf et si gai qui faisait mes délices !... et ton frère, Andréa !... ton Edouard !... oh ! si tu savais !... » Un torrent de larmes coulait sur ses joues.

Il tira du portefeuille un petit médaillon entouré d'un cercle d'or, se leva, et vint se placer dans la partie la moins sombre de la cellule. Il contempla le portrait un instant, le baisa avec transport, le serra sur son cœur, s'agenouilla devant lui, et d'une voix déchirante il s'écria :

« Andréa ! ton Edouard va mourir, et tu l'ignores !... Partira-t-il de ce monde sans te donner et sans recevoir de toi le baiser d'adieu ?... sans recevoir ton pardon, le seul auquel il tienne ?... Oh ! que je te voie encore une fois !... J'aurai moins de peine à mourir si ta bouche me pardonne la douleur et la honte que je t'inflige ! O mon père, ô ma mère, vous m'avez précédé dans la mort, vous ne m'avez laissé qu'elle à aimer ici-bas ; s'il est vrai que vos âmes existent encore, dites-leur de venir me consoler !... »

Le jeune homme arracha une feuille blanche de son carnet, et agenouillé sur le sol, le portrait de sa sœur sous les yeux, penché sur son grabat, d'une main qui tremblait, il traça au crayon la lettre suivante :

« Chère Andréa, ton malheureux frère t'écrit pour la dernière fois... ses jours sont comptés, comptés par la main de la justice, qui le prive d'air et de soleil en attendant qu'elle le prive de la vie... Andréa ! je dois mourir dans quinze jours !... et j'ai vingt-deux ans !... et les épaulettes de sous-lieutenant m'étaient promises pour une époque prochaine !... et ma mort va déchirer ton cœur et faire rougir ton front !... car je mourrai comme un criminel, Andréa !... sous les balles de mes frères d'armes !... Je mourrai avec la haine au cœur et la malédiction à la bouche ! O Andréa ! Andréa ! que je souffre !... Je n'aurais pas cru qu'il fût si pénible de quitter la vie... Tout à l'heure j'ai relu tes lettres, j'ai baisé ton portrait ; mes larmes ont coulé sur ta figure souriante, et je me suis dit : « Je ne la verrai plus ! » Serait-ce vrai, Andréa ?... N'aurai-je pas, dans mon désespoir, l'unique consolation que j'ambitionne, celle d'entendre ton pardon et ton dernier adieu ?... Oui, te voir encore une fois, c'est ma seule espérance, mon seul bonheur ! Je ne crois plus qu'à toi ! Je n'aime plus que toi !... La Providence ? Oh ! y en a-t-il une ?... Mourir à vingt-deux ans, pour avoir dans un moment de colère, l'âme révoltée par une injustice, frappé un chef !... O désespoir ! Viens, si tu ne veux pas que ton frère meure sans être consolé ; viens, car je ne veux voir que toi, rien que toi !... Dans quinze jours, j'aurai cessé de vivre....

» EDOUARD. »

Edouard ne relut pas sa lettre ; il n'en avait pas la force. Il la plia et la remit au geôlier, lorsque celui-ci vint lui apporter la triste nourriture du prisonnier.

II

L'aumônier. — Vains efforts.

L'infortuné avait dit vrai. Dans l'égarement d'esprit où son malheur l'avait jeté, il ne croyait plus qu'à Andréa, il n'aimait plus qu'elle... Au lieu de tourner ses regards vers l'éternité qui allait s'ouvrir devant lui, et d'ambitionner la couronne promise au repentir, il ne songeait qu'au temps près de lui échapper, à la terre à laquelle il devait dire bientôt le suprême adieu; et les consolations qu'il puisait dans l'espérance de revoir sa sœur chérie, comme toutes les consolations humaines, étaient incapables d'alléger d'une manière sensible le poids d'angoisses qui oppressait son cœur. L'image d'Andréa, qui lui apparaissait d'abord souriante et gaie, ne tardait pas à se voiler de deuil. Il voyait les yeux de la jeune fille s'emplir de larmes, et elle lui échappait soudain comme une ombre désolée. En vain il se croyait dans un moment de douce illusion, assis avec elle, sous le beau ciel de sa patrie, dans les vertes prairies qui bordent les *Alys-Camps;* en vain, à ses côtés, du haut de la tour dressée sur les arcades des Arènes, il contemplait l'immense horizon qui, de ce point, se déploie, avec une magnificence inouïe, à tous les vents du ciel; en vain il suivait l'enfant gai et folâtre sur la longue ligne du port, où les câbles des embarcations serrent des débris de colonnes de granit et de marbre; en vain il errait sur ses pas, sous les voûtes sculptées du vieux cloître de Saint-Trophyme, dans la nef silencieuse de l'antique cathédrale; la lumière avare qui descendait jusqu'à lui, l'air épais qu'il respirait, les murs lugubres de son cachot, dissipaient bien vite ces riantes images d'un passé perdu et rendaient le cœur du jeune homme au sentiment de la désolante réalité... A l'aspect de tout ce bonheur évanoui, ses fureurs désespérées le reprenaient. Il comptait les jours qui lui restaient encore à vivre, et, mettant la main sur sa poitrine qui se soulevait avec violence, il disait : « Bientôt tu ne palpiteras plus, cœur brisé !... tu seras froid..., froid comme les dalles du cachot !... » Puis il ajoutait : « Pourtant je la reverrai... mais un jour..., mais une heure... et ensuite tout sera fini !... la mort !... les balles !... ô désespoir... » Et son âme ne se calmait que par l'affaissement des forces physiques. Il trouvait un peu de repos dans l'épuisement de son être, et quand cette torpeur se dissipait, c'était un nouvel orage qui s'éveillait au sein du jeune homme avec le sentiment de la vie.

Ainsi vécut Edouard durant les premiers jours qui suivirent le départ de sa lettre. Son supplice était d'autant plus douloureux que le ciel était voilé pour lui.

Un jour, il entendit, à une heure inaccoutumée, grincer dans la serrure du cachot la clef du geôlier.

« Serait-ce Andréa ? se dit-il... Non, elle ne peut être encore arrivée... Aurais-je mal compté les jours ?... Viendrait-on me chercher pour me livrer aux balles avant de l'avoir vue ?... »

A ces suppositions, qui ni l'une ni l'autre n'étaient

fondées, l'infortuné tremblait de tous ses membres.

Le geôlier entra.

« On demande à vous voir, jeune homme, dit-il au prisonnier.

— Qui êtes-vous? que dites-vous? répondit celui-ci qui, dans le désordre de ses idées, n'avait reconnu ni la voix ni le visage du guichetier.

— Eh! parbleu, votre question est étrange!.... Je croyais les prisonniers plus habiles à garder le signalement du *porte-clefs*.... Dame! jeune homme, vous devriez me connaître depuis que je suis seul à vous visiter.

— Eh bien, que voulez-vous? fit Edouard d'une voix brève et saccadée.

— Je vous ai dit que l'on demandait à vous voir.

— A me voir! Qui? s'écria le jeune homme en bondissant sur son siège et en fixant sur le geôlier des yeux étincelants.

— Qui? reprit ce dernier, un homme donc.

— Ah! ce n'est pas elle, murmura Edouard en retombant sur son escabeau... Laissez-moi seul! Je ne veux voir personne...

— Comme il vous plaira... Toutefois, jeune homme, vous me permettrez de vous faire une observation : celui qui demande à vous voir vous apporte des paroles d'espérance et de consolation, et vous m'avez l'air d'en avoir grand besoin.

— Des paroles d'espérance, à moi!... Tu ne dis pas vrai!... Il n'est plus d'espérance pour moi... Quant aux consolations... Oui, *elle* me consolerait un peu peut-être... Mais d'un autre, je n'en attends pas, je n'en désire pas, je n'en veux pas...

— Jeune insensé, vous me faites pitié, reprit le geôlier d'une voix émue. Ecoutez, camarade, avant d'aller à la revue, le soldat *astique* son fourniment.

— Aurez-vous bientôt fini?....

— C'est pour vous dire que la *grande revue* s'apprête pour vous; car vous n'ignorez pas l'arrêt qui vous a frappé?

— Oui, je le sais, dans huit jours je dois mourir.

— Et paraître devant Dieu!

— Dieu!... Dieu!... » Le jeune homme, suffoqué, ne put en dire davantage. Le blasphème qui voulait une fois de plus souiller ses lèvres resta enseveli dans les profondeurs de son cœur.

« Calmez-vous, ajouta le geôlier, la chose en vaut la peine. L'aumônier de la prison désire vous entretenir; il veut vous réconcilier avec Dieu et vous préparer au grand passage.... Puis-je l'introduire?...

— Non, mille fois non!... dit l'infortuné d'une voix que la colère rendait stridente.

— Au reste, vous réfléchirez... »

Le geôlier sortit du cachot en essuyant une larme du revers de sa main. Quelque habitué qu'il fût aux misères humaines par le spectacle qu'il avait constamment sous les yeux, la jeunesse d'Edouard, son triste sort et les funestes dispositions d'esprit qui l'aggravaient encore, lui avaient ému le cœur.

« Inutile, monsieur, dit-il à l'aumônier qui, attendant son retour, se promenait dans la galerie sombre sur laquelle s'ouvraient les cellules des condamnés; inutile, pour le moment du moins.... c'est un furieux !... »

Le prêtre s'éloigna tristement. Il pria et fit prier pour cette âme désespérée. Il mit en œuvre toutes les ressources d'un zèle ardent et éclairé. Vains efforts !.... Plusieurs fois il pénétra auprès du prisonnier ; mais celui-ci lui opposait toujours ou un morne silence ou des cris de rage. En sortant du cachot, le ministre de Dieu avait le cœur serré, et s'il n'eût pas eu une longue expérience des voies mystérieuses de la Providence, il se serait écrié sans doute : Plus d'espoir !...

Ces tentatives pour ramener son âme à Dieu marquèrent une autre phase dans la vie du condamné. Dans son injuste fureur, il les regarda comme les manifestations d'une pitié hypocrite qui, sous prétexte de le consoler, venait insulter à son infortune. Les tourments qu'il éprouvait en son cœur en devinrent plus cruels. Sans le désir de revoir Andréa qui soutenait un peu son âme, nul doute que, fatigué de ces luttes horribles, il n'eût cherché à hâter sa dernière heure.

III

Marthe et Andréa. — Le pardon de Dieu.

Le jour commençait à peine à luire. Deux femmes, vêtues du costume si gracieux et pittoresque des Arlésiennes, attendaient depuis quelques minutes qu'on leur ouvrît la lourde porte de chêne, hérissée de pointes de fer, de la prison. L'une, sous le velours noir de sa coiffure, laissait voir quelques touffes de cheveux blancs ; l'autre, svelte et le front couronné de tresses d'ébène, était dans toute la fraîcheur de la jeunesse. Toutes deux avaient les yeux noyés de larmes et témoignaient la plus vive impatience de la station forcée à laquelle elles étaient soumises devant cette porte fermée. C'était Andréa, accompagnée de la nourrice d'Edouard.

« Marthe, disait la jeune fille, nous n'avons que trois jours à le voir, et on nous dérobe des minutes... S'ils savaient ce qu'est une minute pour un homme qui va mourir !... S'ils savaient ce qu'est une minute pour moi qui n'ai plus que lui sur la terre..., pour moi qu'il va laisser doublement orpheline !... Edouard ! Edouard ! ajouta-t-elle en élevant la voix. Si du moins il pouvait m'entendre !... Au nom du ciel, geôlier, ayez pitié de nous !... »

La voix d'Andréa s'élevait en vain. Dix minutes longues comme des années s'écoulèrent avant que l'heure réglementaire sonnât; et alors seulement la vieille porte massive roula sur ses gonds, et introduisit dans la triste demeure la jeune fille et sa compagne.

Leur première entrevue avec le prisonnier fut un spectacle déchirant que nul pinceau ne pourrait reproduire. Les voûtes du cachot entendirent de longs sanglots, virent couler des torrents de larmes. Longtemps les acteurs de cette scène navrante demeurèrent silencieux, suffoqués par leur commune douleur; longtemps Edouard et sa sœur se tinrent embrassés dans de convulsives étreintes; et la vieille nourrice, élevant ses mains vers le ciel, et portant ses yeux de l'un à l'autre, ne pouvait tarir ses larmes ni ses gémissements.

Enfin la lassitude et l'épuisement amenèrent un peu de calme. Andréa s'était assise, ses mains dans les mains d'Edouard, sur le grabat du prisonnier. La nourrice, en face d'eux, sur l'escabeau, les contemplait toujours silencieuse et gémissante. Comme la première fois que nous avons vu le jeune sous-officier dans sa prison, un rayon du soleil levant venait jouer sur le mur sombre.

« Edouard !...

— Andréa ! »

Telles furent les premières paroles prononcées par les deux infortunés, et leur dernière syllabe s'étouffa dans de nouveaux sanglots.

Ce fut Edouard qui reprit : « Andréa, plus que trois jours, et puis.... Ton pardon, sœur ! Tu m'as apporté ton pardon, n'est-il pas vrai ? Vois-tu, je n'ai que ce poids sur le cœur.... Quand tes lèvres m'auront pardonné, je me soumettrai à mon sort cruel.... Ah !.... trois fois cruel !...

— Mon pardon ! répondit Andréa ; tu me demandes mon pardon, quand je voudrais donner ma vie pour racheter la tienne ! O Edouard ! ta sœur, ton Andréa, voudrait te suivre et te faire un rempart de son corps. »

Andréa dut s'arrêter suffoquée par un sanglot. Edouard la regardait avec des yeux où la reconnaissance et l'amitié la plus vive rayonnaient au travers des larmes.

« Je l'espérais, car je connaissais son cœur !... Si bonne !... si bonne !... et falloir la quitter pour ne plus la revoir !... »

La jeune fille fit un violent effort pour vaincre son émotion.

« Ecoute, Edouard, dit-elle ; ce n'est pas moi qui pourrai te consoler.... ce n'est pas mon pardon qui mettra le calme dans ton cœur.... Te souviens-tu de notre mère ?....

— Pourrais-je ne pas m'en souvenir !... A ce moment surtout où j'ai sous les yeux son image.... Ne vit-elle pas en toi, Andréa ?....

— Elle est au ciel, Edouard !

— Et sur la terre et dans mon cachot, puisque tu en foules le sol !

— Elle est au milieu des anges, et de là haut elle nous voit, Edouard ! Elle prie pour toi et pour moi....

— Pour moi, dis-tu ?... oh ! qu'elle cesse de prier pour moi ; car je ne prie pas moi-même ; je ne peux pas, je ne veux pas prier !....

— Elle prie pour ton bonheur, frère !

— Pour mon bonheur ? Ah ! s'écria Edouard avec un rire nerveux qui contracta son visage et fit trembler Andréa, pour mon bonheur !... Que dis-tu, enfant ? ne sais-tu pas que mon bonheur s'est brisé sous mes mains comme une coupe fragile ? qu'il s'est évanoui comme un rêve décevant, comme une bulle de savon ? ne sais-tu pas que dans trois jours ?... Alors, pour moi, tout sera fini !....

— Edouard, où est notre mère ?

— Elle est au ciel, dis-tu.... Oui, elle doit y être....

— Tout n'a donc pas fini pour elle avec la mort ?...

— Pour elle !... non ; mais pour moi....

— Il en est pour toi comme pour elle, Edouard ! dit la jeune fille. Aurais-tu oublié nos jours d'autrefois.... Cette église de Saint-Trophyme, où tu fus baptisé, où tu fis ta première communion, où tant de fois dans notre enfance nous allâmes ensemble nous agenouiller aux pieds de la Vierge pour lui demander, l'un près de l'autre, une place dans le paradis ?

— Où veux-tu en venir, Andréa ?

— Au pardon de Dieu, Edouard !.... à ce pardon qui te consolera mieux que ma vue et mes paroles ; à ce pardon qui, en échange d'une vie misérable et éphémère qu'il te faut, hélas ! quitter, t'obtiendra une vie éternellement heureuse près de notre mère, Edouard ! à ce pardon qui m'aidera à supporter ma propre douleur en me laissant l'espérance de te revoir un jour pour n'être plus séparée de toi !...

— Le pardon de Dieu !... Mais ignores-tu, sœur, que j'ai oublié ce Dieu dont tu me parles, et qu'il m'a oublié lui aussi ? Ignores-tu que je l'ai blasphémé, que je l'ai maudit, que j'ai repoussé son ministre ? Et quand je le désirerais maintenant, son pardon, ne serait-il pas trop tard pour l'obtenir ?...

— Trop tard, frère !... Non, jamais. Vois, je t'ai apporté une image de ce Dieu.... C'est le crucifix de notre mère.... Le crucifix que nous recueillîmes sur ses lèvres glacées par la mort.... Tu le reconnais, Edouard ? Ce Dieu, qui mourut pour toi, n'attend que ton repentir pour te pardonner !

— Non, c'est impossible !

— Baise son image, frère, ajouta la jeune fille en approchant le crucifix des lèvres d'Edouard, et laisse-moi me jeter à tes pieds et embrasser tes genoux.... Edouard, je t'en supplie, aie pitié de ton âme !... Marthe, prie-le avec moi.... Frère chéri, implore la miséricorde de Dieu ! Voudrais-tu ne pas revoir nos parents qui sont au ciel ? voudrais-tu nous laisser, nous autres, laisser ton Andréa sans espérance de ton salut ?... »

Les deux femmes s'étaient agenouillées devant le jeune homme. Rien ne pourrait rendre l'expression du visage d'Andréa pendant cette scène. Sa figure, belle en d'autres moments, alors radieuse des larmes de la piété fraternelle, ressemblait à celle d'un ange éploré ; ses yeux et ses mains jointes se levaient tour à tour vers le ciel et vers Edouard. Celui-ci, l'âme agitée par ses fougueuses passions, le cœur ému par ce spectacle, luttait encore. Mais la lutte était à son terme. L'ange de la miséricorde, sous les traits d'Andréa, allait enfin triompher de l'ange du désespoir.

« Sœur, tu m'as vaincu, dit le jeune homme en la relevant et en la pressant de nouveau sur son cœur, et tu m'as sauvé ! Je mourrai dans la paix de Dieu, avec l'espérance de te revoir un jour.

— *Amen* ! » dirent Andréa et Marthe en remerciant le Ciel de toute la ferveur de leur âme.

IV

Conclusion.

La révolution si heureusement commencée dans l'esprit du condamné par les paroles d'Andréa s'acheva sous la bénédiction du prêtre. Edouard eut une longue entrevue avec l'aumônier de la prison. Celui-ci, en le quittant, rayonnait d'une sainte joie ; il venait d'en faire un autre homme. Fortifié par l'action de la grâce, ramené aux espérances chrétiennes, le prisonnier oubliait ses rêves déçus d'ambition et de bonheur terrestre, et loin de voir une ennemie dans la mort, il l'aurait saluée comme une libératrice, si la douleur d'Andréa pleurant à ses côtés n'eût jeté comme un voile de deuil sur la route qui devait le mener au ciel. Désormais les rôles étaient intervertis : le désespéré de tout à l'heure était devenu le consolateur ! Mystérieuse transformation opérée par la grâce, à laquelle l'amitié fraternelle avait servi de ministre !

« Sœur, ne pleure plus, disait Edouard ; nous nous reverrons ! Sois bénie à jamais, mon bon ange ; je te dois ma part de paradis.... O Providence de mon Dieu, c'est toi qui as mis en mon cœur cet ardent désir de la revoir ! Tu voulais par elle m'ouvrir le ciel ! »

Et des larmes coulaient de ses yeux, mais de douces larmes, des larmes de reconnaissance et d'amour.

La veille de son supplice, quelques-uns de ses camarades vinrent lui donner l'adieu suprême.

« Ne me plaignez pas, leur dit-il, je fus coupable.... Ma mort prématurée expie mes fautes.... Mais je ne regrette point la vie, puisque Dieu a daigné toucher mon cœur et me faire miséricorde.... Au revoir, mes amis, fit-il en les embrassant : pour des chrétiens, il n'est pas de dernier adieu ! »

Jusqu'à l'heure fatale où Edouard devait cesser de vivre, Andréa et Marthe ne le quittèrent pas un instant, et les pauvres femmes priaient et pleuraient avec lui. Enfin il fallut se séparer.... Andréa poussa un cri déchirant.... Quant à Edouard, après avoir reçu une dernière absolution du prêtre, il marcha vers le champ de mort, pâle, mais d'un pas ferme. Il refusa le bandeau qu'on voulait mettre sur ses yeux, baisa le crucifix que lui avait apporté Andréa, et d'une voix assurée, donna à ses frères d'armes, émus et tremblants, l'ordre du feu. Plusieurs détonations se firent entendre, et l'on vit le jeune homme chanceler et tomber percé par les balles.

Le lendemain, après les derniers devoirs rendus à son frère, Andréa s'apprêtait à s'éloigner de ces lieux qui lui rappelaient de si tristes souvenirs, lorsqu'elle reçut la visite du prêtre qui avait assisté Edouard.

« Consolez-vous, lui dit le ministre de Dieu, vous l'avez mis au ciel! Vous n'avez plus de frère ici-bas, mais vous avez un ange gardien de plus auprès de Dieu!

— Je l'espère, » fit la jeune fille en fondant en larmes.

. . . .

Pauvre Andréa, elle ne raconte jamais l'histoire de son pauvre frère sans ajouter :

« Tant il est vrai que les pures affections de la famille, quand la foi les féconde, adoucissent les épreuves d'ici-bas et préparent le bonheur de l'éternité. »

L'ÉPREUVE DE LA CHARITÉ

I

Dans un palais de Grenade.

Grenade n'était plus la cité sarrazine où, sous les voûtes féeriques de l'Alhambra, trônaient les redoutés enfants du prophète; Grenade était redevenue, depuis un demi-siècle environ, une ville espagnole, une ville chrétienne, sur les hautes tours de laquelle, à la place du croissant désormais disparu, flottait la bannière de Castille, surmontée de la croix du Sauveur. Le fier turban des califes avait dû s'incliner devant l'épée triomphante de Ferdinand et d'Isabelle, et la princesse castillane avait pu cueillir, pour l'ajouter à sa couronne comme un de ses plus riches joyaux, la perle et la fleur des cités.

Car Grenade, en perdant ses anciens maîtres, n'avait perdu ni son ciel splendide, ni son air embaumé, ni la verdure luxuriante et les mille fleurs de ses jardins et de ses plaines qui en font le paradis de l'Espagne. Elle était toujours la ville des palais à la capricieuse architecture, aux murailles de marbre découpées en dentelles, aux toitures luisant au soleil comme un casque de guerrier à l'aurore d'une bataille; la ville des fêtes somptueuses, où la mandoline mêlait ses accents aux voix des brises gazouillant dans les branches des palmiers gigantesques, dans les rameaux touffus des orangers et des citronniers.

Si le lecteur veut bien nous suivre dans le riche palais du marquis de Tarifa, il aura les derniers échos d'une de ces fêtes splendides. Les sons mourants des cordes harmonieuses retentissent encore sous les arbres des jardins que la lune et les étoiles argentent de leur douce lumière, car la nuit est venue. Mais si la fraîcheur des voûtes de verdure, si la sérénité enchanteresse du ciel, si le calme et la limpidité de l'atmosphère ont attiré, sur les bancs de marbre du parterre, quelques-uns des convives de l'illustre marquis, disons que la plus grande partie de la société est allée chercher dans une vaste salle, tendue des plus riches étoffes et où rayonnent mille flammes parfumées, des émotions plus vives et peut-être aussi moins pures.

Sur les tapis de velours des tables de jeu, brillent de

nombreux ducats : le silence règne dans la salle, et toutes ces physionomies espagnoles si rigoureusement accentuées s'animent de ces teintes tour à tour sombres ou gaies, selon que la fortune sourit ou qu'elle se retire.

Les parties allaient bon train et captivaient toute l'attention des intéressés, quand un nouveau venu les interrompit tout à coup par sa brusque apparition. Il s'annonça par ces mots prononcés sur le seuil de la porte : « Faites bien, mes frères, faites bien! »

Le maître de la maison reconnut cette voix, releva la tête et sourit; mais il n'en fut pas de même de la plupart de ses convives.

« Quel est cet homme? » demandèrent plusieurs d'entre eux d'un ton hautain, tandis qu'un groupe de jeunes étourdis, se montrant du doigt l'étranger, riaient, sans se gêner, de la bizarrerie de son accoutrement. Rien de plus naturel, en effet, que l'étonnement manifesté par l'aristocratique société en voyant apparaître soudain, dans les salons d'un des plus grands seigneurs de Grenade et de l'Andalousie, au moment où ils réunissaient tant d'illustres personnages, cet homme qui portait une méchante hotte sur son dos, et dont le costume et les allures révélaient un humble paysan. Outre le déplaisir que causait à quelques-uns l'interruption des jeux, il y avait bien là de quoi révolter la fierté traditionnelle des enfants de la vieille

Espagne. Le visiteur, toutefois, ne paraissait point s'apercevoir de la surprise causée par son arrivée intempestive, et il demeurait près de la porte, calme et immobile, la tête respectueusement découverte et la main tendue.

« Je le connais, moi! dit alors le marquis de Tarifa en saluant de la tête l'étranger et en se levant de son siège.... Messeigneurs, préparez vos bourses!... Vous avez devant vous l'ambassadeur d'une grande dame qui se nomme... la Charité! »

En même temps, le gentilhomme recueillit l'enjeu placé devant lui et vint le déposer pieusement dans la main calleuse du paysan. Quelques-uns de ses convives l'imitèrent, et notre quêteur sortit de la salle tout joyeux : il emportait une somme ronde de vingt-cinq ducats!

« Quel est cet homme? » répétèrent de plus en plus surpris les hôtes du marquis de Tarifa; et c'est probablement aussi ce que demandent nos lecteurs. Hâtons-nous de contenter leur légitime curiosité en leur redisant la réponse que le grand seigneur de Grenade fit à ses nobles amis,

« Cet homme, dit-il, est un Portugais nommé Jean Ciudad; mais les pauvres de Grenade, dont il s'est constitué la providence, ne le connaissent que sous le nom de Jean de Dieu. Et vraiment sa charité fait des merveilles qui donnent lieu de croire que Dieu est avec lui.... Figurez-vous, messeigneurs, qu'à peine arrivé dans Grenade, pauvre lui-même comme Job, il a ouvert sa maison à toutes les misères : malades, vieillards, infirmes, enfants délaissés, il recueille tout à son foyer, il a pour tous une paternelle tendresse et des soins touchants. Pour soutenir son œuvre, il n'a d'autres ressources que celles que lui fournit la charité publique; chaque soir, il parcourt les rues de la cité dans l'accoutrement que vous lui avez vu; parfois, quand les besoins sont plus pressants, il se hasarde dans l'intérieur des palais, et il est rare qu'on ne réponde par quelque aumône à son pieux appel : « Faites bien, mes frères, faites bien! » Voilà tout ce que je sais de son histoire; n'est-ce pas assez pour le faire admirer?

— Oui, si cette histoire n'est pas un roman que vous a conté quelque compère de votre héros, dit un fier hidalgo en frisant sa moustache noire comme du jais. Mais, marquis de Tarifa, quelque grande que soit la confiance que j'accorde à un gentilhomme tel que vous, pour croire notre rustre interrupteur capable des merveilles que vous lui avez si charitablement attribuées, j'aurais besoin de le voir à l'œuvre de mes yeux.

— Bah! reprit un autre, pour moi, je suis persuadé que votre quêteur se rit en ce moment de notre naïve générosité. Savez-vous qu'avec nos vingt-cinq ducats, il a de quoi vivre gaiement durant quelques semaines.

— Eh bien, mes illustres hôtes, répondit le marquis, je ne demande pas mieux que de vous édifier sur son compte : j'aurai fait de nouveaux amis au père des pauvres, et Dieu m'en saura gré... Voulez-vous mettre à l'épreuve sa charité, suivez-moi, rien n'est plus facile : aussi bien le jeu est interrompu, et la soirée touche à sa fin. »

La proposition du marquis fut accueillie avec une malicieuse joie.

II

Au coin d'une rue.

Suivons le marquis de Tarifa. Il a jeté sur ses épaules un vaste manteau de couleur noire dont il ramène avec soin un pan sur son visage; un *sombrero* aux larges bords couvre sa tête; et, dans ce costume qui vaut un travestissement, il sort du palais et s'engage dans le labyrinthe des rues de Grenade. Ses hôtes, du moins un certain nombre d'entre eux, le suivent à quelque distance. La nuit, comme nous l'avons dit, était sereine, une nuit du midi de l'Andalousie toute resplendissante de clartés ; mais les rues étroites de la cité, grâce à la hauteur des maisons qui les bordaient, étaient plongées dans une demi-obscurité qui servait merveilleusement les desseins du marquis.

Arrivé à l'angle d'une rue sombre et tout à fait déserte, celui-ci s'arrête et fait signe à ses compagnons de l'imiter. Quelques instants après, on entend retentir dans le silence de la nuit les paroles déjà connues : « Faites bien, mes frères, faites bien ! »

« Le voici, dit le gentilhomme, attention : l'épreuve va commencer. »

En effet, Jean Ciudad se trouva bientôt en face du marquis.

« Arrêtez ! dit celui-ci, j'ai à vous parler. On vous appelle *Jean de Dieu ?*

— Il est vrai, répondit le pauvre homme, le peuple me désigne sous ce nom. Puissé-je le mériter !

— On vous nomme *le père des pauvres ?*

— Du moins, je voudrais l'être.

— Toutes les misères excitent votre pitié, et vous voudriez pouvoir soulager toutes les infortunes ?

— Oh ! oui, je le désirerais de tout mon cœur.

— Eh bien, ne passez pas outre, car vous avez devant vous une grande infortune à secourir.

— Serait-il vrai ?... Mon frère, que puis-je faire pour vous ?

— Me rendre l'honneur et la vie !... Je suis un

gentilhomme ruiné ; et, si votre charité ne vient pas à mon aide, je n'ai que deux moyens de me tirer d'affaire : me pendre au premier arbre venu, ou aller me jeter dans le gouffre le plus profond du Xénil !...

— Béni soit Dieu qui m'envoie vers vous pour vous épargner une si criminelle action, mon pauvre frère, et bénies soient les mains charitables qui ont mis ce soir de l'or dans les miennes. Je viens de recevoir une aumône de vingt-cinq ducats : la voilà ! Qu'elle sauve votre corps et votre âme ; et ne dites à personne que *Jean de Dieu* vous a rencontré !... »

Le gentilhomme, ému jusqu'aux larmes, voulait baiser la main généreuse de *Jean de Dieu;* mais celui-ci avait déjà disparu.

« Saint homme, dit le marquis, j'ai peut-être fait un crime !... N'est-ce pas tenter Dieu que vous tenter ?... »

Les compagnons du gentilhomme grenadin avaient tout entendu.

« Eh bien, mes maîtres, leur dit-il en les rejoignant, persistez-vous à révoquer en doute la charité de Jean Ciudad ?...

— Nous rengaînons, firent toutes les voix. *Jean de Dieu* est un saint ; sa charité est sortie triomphante de l'épreuve comme le soleil des brouillards du matin... »

III

A l'hospice.

Le lendemain, le marquis de Tarifa franchissait le seuil de l'humble maison de *Jean de Dieu* devenu un hospice, et trouvait le saint homme entouré de ses chers enfants, malades et vieillards, auxquels il distribuait avec un sourire paternel le repas du matin. Il le laissa achever son pieux service ; puis, le prenant à part, il lui dit :

« Nous nous sommes vus hier !

— Oui, noble marquis ; et si les prières de son serviteur sont bonnes à quelque chose, Dieu vous tiendra compte de votre louable charité.

— Permis à vous de vanter ma charité ; pour moi, je la trouve bien petite en comparaison de la vôtre... Vous souvenez-vous du gentilhomme ruiné ?...

— Qui a pu dire ?... balbutia *Jean de Dieu* ; je croyais que personne ne nous avait vus.

— Vous vous trompiez, reprit le marquis, ce gentilhomme c'était moi-même !... » Et il lui raconta comment il avait été amené à mettre sa charité à l'épreuve dont elle était sortie avec tant de gloire. En même temps, il glissa dans la main de Jean, humilié et confus, un rouleau de cinquante ducats à la place de celui qu'il en avait reçu la veille.

« Jusqu'à une autre fois, ajouta le marquis en s'éloignant ; désormais tout Grenade saura que *Jean de Dieu* est bien nommé, et que sa charité est vraiment celle des saints. »

Nous n'ajouterons qu'un mot à ce véridique récit : Dieu bénit cette charité, et l'institut que fonda Jean Ciudad, le pauvre Portugais sans ressources, le fera longtemps encore bénir par les anges et les hommes.

CE QU'UN NOM VALUT A LA FRANCE

I

Les filles d'Alphonse IX. — La mission du sire de Beaumont.

C'était en un jour de l'année 1201. Il y avait grande rumeur dans le palais des puissants rois de Castille. Pages et varlets, à la mine éveillée, s'agitaient en tous sens pour les préparatifs d'une réception solennelle. Les plus riches tapis de l'Espagne, les fleurs les plus rares et les plus embaumées des jardins de Tolède, décoraient les vastes salles et les longues galeries aux mille colonnettes brodées d'arabesques et de dentelles de pierre de l'Alcazar, autrefois demeure redoutée des rois maures, alors séjour d'Alphonse IX, à qui ses belles qualités avaient valu le surnom de *noble*.

Quel était donc l'hôte illustre qu'attendait le prince castillan ? Pages et varlets, race de tout temps curieuse, s'adressaient mutuellement cette question.

« On n'en ferait pas plus pour un prince du sang royal, disait l'un.

— Vraiment, disait l'autre, depuis les noces de la gracieuse Bérangère, la fille aînée de notre maître, avec Alphonse de Léon, le vieux château de Tolède n'avait pas revêtu de si magnifiques ajustements. Ce fut un beau temps ! Quelles fêtes splendides ! Et puis, comme tous les princes et chevaliers invités se montrèrent généreux envers les varlets et les pages !

— Tout beau, mes compères, ajoutait un troisième, j'ai la douce espérance qu'une pareille aubaine s'apprête de nouveau ! Le roi Alphonse, notre béni seigneur, a encore deux filles à marier... Dona Blanche est bien jeune, il est vrai ; mais la senora Urraque est d'âge à être fiancée à quelque haut et puissant seigneur. Par Saint-Jacques, mes amis, ce sont des noces que nous préparons ! Sans compter que celui qui obtiendra notre princesse aura le droit d'en être fier : c'est la plus belle et la meilleure fille des Espagnes ! »

La conversation aurait sans doute continué sur ce ton si un bruit de chevaux ne s'était fait entendre tout à coup vers les portes du palais. Entraînés par la curiosité, nos varlets, oubliant les propos commencés et ne songeant plus à leur tâche, allèrent prestement se percher à une fenêtre donnant sur la cour d'honneur.

De ce point culminant, ils virent défiler sous leurs yeux bon nombre de gentilshommes et d'écuyers, montés sur de bouillants palefrois aux riches harnachements, de pages à la livrée éclatante chargés de présents somptueux. Le plus instruit de la bande dans la science héraldique déclara que les nouveaux venus portaient les couleurs et les armes de France.

L'avisé compère ne se trompait pas. C'était, en effet, le noble sire de Beaumont, ambassadeur du roi de France Philippe-Auguste, qui faisait son entrée dans le royal séjour des souverains de la Castille.

La beauté singulière et la sagesse plus grande encore des filles d'Alphonse, et un peu aussi la politique, avaient excité dans l'esprit de Philippe, effrayé alors des succès de son ennemi Jean sans Terre, le vif désir de faire épouser à son fils Louis l'une des princesses castillanes. En conséquence, il avait député à Tolède, en superbe équipage, le sire de Beaumont, pour y négocier cette alliance, à laquelle il attachait le plus grand prix. Quant au choix de l'une ou de l'autre des deux princesses, le monarque français l'avait laissé au bon goût et à la sage appréciation de son ambassadeur. La suite de ce récit montrera qu'il avait bien placé sa confiance.

II

L'embarras du choix. — Deux perles et deux anges. — Un nom barbare. — Blanche la bien nommée. — Doux nom et grande reine.

Comme on a pu le pressentir par ce que nous avons dit déjà, brillante et gracieuse réception fut faite à l'envoyé du roi *très-chrétien*. Alphonse, flatté qu'un prince aussi puissant que Philippe recherchât son alliance, et fier de songer qu'une de ses filles siégerait un jour sur les fleurs de lis du trône de France, se montra plein d'égards et de prévenances pour le sire de Beaumont, et le traita en tous points comme il eût traité le roi son maître. Les deux princesses furent présentées au gentilhomme français, et il est vrai de dire qu'à cette première vue, il eût été difficile à celui-ci de faire un choix raisonné, tant il les trouva l'une et l'autre resplendissantes de beauté, de grâce et de virginale modestie. Aussi ne se pressa-t-il point de formuler sa demande et se donna-t-il prudemment le temps de la réflexion.

Retiré dans les appartements qui lui avaient été assignés, et assis sur un vaste siège de velours orné de ciselures gothiques et richement brodé d'or, la tête appuyée dans sa main, il évoquait devant ses yeux la douce image des deux filles d'Alphonse, et malgré sa bonne volonté il ne savait de quel côté pencher.

« Bon ! se dit-il enfin, je suis là à me briser la tête... Mais c'est tout simple : à mérite égal l'aînée doit passer avant la cadette.... Je demanderai la plûs âgée des deux.... Peut-être sera-t-elle la plus sage.... »

Comme il se parlait ainsi, une main légère souleva la tapisserie tendue devant la porte de la salle. C'était Raoul, le plus délié des pages de la suite de messire de Beaumont, qui s'introduisait auprès de son maître. Celui-ci avait chargé le jeune homme de faire auprès de ses confrères du palais une enquête officieuse sur le compte des deux jeunes princesses, et Raoul, en ce moment, venait lui apprendre les résultats de ses investigations.

« Eh bien, mon beau Raoul, dit l'envoyé, qu'as-tu à m'annoncer au sujet de nos jeunes hôtesses ?

— Maître, répondit le page en s'inclinant, je dirai d'abord à votre seigneurie que ce sont deux perles dignes l'une et l'autre de la couronne de France ; en second lieu, que la beauté des princesses est éclipsée par le bien que l'on dit d'elles. A croire leurs gens, — et qui ne les croirait pas après avoir vu ces ravissantes créatures ? — ce sont deux anges du ciel.

— Voilà qui n'avance guère mes délibérations, répliqua l'ambassadeur. Mais, mon mignon, ces anges du ciel, puisqu'ainsi tu les appelles, as-tu appris sous quel nom on les désigne parmi les hommes ?

— Sans doute, messire, reprit le page souriant de la singularité de la question : l'aînée s'appelle Urraque ; la plus jeune est bien mieux nommée, elle répond au doux nom de Blanche.

— Urraque ! Urraque ! s'écria le sire de Beaumont en se levant de son siège ; quel nom pour un ange et pour une reine de France ! Décidément j'y renonce, et je fais choix, dès ce moment, de Blanche la bien nommée.... Dieu me préserve d'affliger les oreilles de mon maître du bruit de ce nom barbare.... Urraque!.... Je demanderai pour le prince Louis la main de la plus jeune.... »

C'est ce que fit, en effet, le sire de Beaumont. Le lendemain, quand le roi de Castille l'eut admis à lui présenter sa requête, comme Alphonse insistait pour que l'aînée de ses filles devînt la fiancée du jeune héritier de la couronne de France, de son côté, l'ambassadeur de Philippe-Auguste insista en faveur de la cadette et finit par obtenir gain de cause. Ce fut ainsi que la jeune Blanche de Castille devint l'épouse de Louis VIII.

La France, comme on le sait, n'eut pas à regretter la délicatesse euphonique du sire de Beaumont. Un doux nom lui valut une grande reine qui sut lui donner le plus saint et un des plus illustres de ses rois, tant il est vrai que la Providence, qui veille sur les empires, se sert quelquefois des plus petites causes pour faire éclater les magnifiques effets de sa miséricorde !... Blanche fut la mère de saint Louis !...

SAINT LOUIS

ET LES HABITANTS DE SAINT-SATURNIN-DU-PORT

I

Dieu le veut!

C'était en l'année 1248. Le bon roi Louis IX occupait le glorieux trône de France, et il venait de déposer le manteau royal orné de fleurs de lis d'or, pour revêtir le casque et la cuirasse du chevalier.

Le jeune monarque allait combattre, sur les rives de l'Orient, les ennemis du nom chrétien, les barbares profanateurs du berceau et de la tombe du Sauveur.

Il avait remis à Blanche, sa mère, les rênes du gouvernement, et lui avait confié ses jeunes enfants : il savait qu'il les laissait en bonnes mains. Marguerite de Provence, son épouse bien-aimée, Robert d'Artois et Charles d'Anjou, ses frères, ainsi que la jeune femme de ce dernier, le suivaient à la croisade.

Le cœur léger, et portant le bourdon et la pannetière du pèlerin qu'il avait pris dès longtemps à l'avance, à Saint-Denis, le jeune roi chevauchait gaîment, aux côtés de Blanche, sur la route de Paris à Corbeil. C'était dans cette dernière ville que la régente devait se séparer de lui ; mais le moment des adieux venu, la fille des rois de Castille, qui n'était pas seulement une grande reine, mais aussi la plus tendre des mères, sentit son cœur se briser, et elle ne put se résoudre à s'éloigner si tôt de son fils chéri. Elle continua à guider sa haquenée près du palefroi royal, d'une main que la douleur rendait tremblante, et qui se relevait souvent pour essuyer une larme bien légitime.

L'armée sainte arriva ainsi jusqu'à Cluny. Ce fut devant les portes de cette illustre abbaye, où des rois et de puissants seigneurs étaient venus, à diverses époques, troquer la pourpre contre le froc du moine, que la séparation eut lieu. Scène touchante ! Blanche ne pouvait se lasser de presser ses enfants contre son cœur, surtout son Louis bien-aimé. Peut-être la pauvre mère avait-elle le pressentiment qu'elle ne le reverrait plus ; ce qui arriva en effet, car elle mourut, on le sait, avant le retour de la croisade... Toujours est-il qu'à la fin sa douleur fut plus forte qu'elle, et au milieu des derniers embrassements, elle s'évanouit... Je n'essaierai pas de dire quelle fut à ce spectacle l'émotion du pieux monarque, ni celle de ses frères, ni celle de Marguerite, ni celle de la jeune comtesse d'Anjou, ni celle non plus de tous les gens de la suite royale. La foi qui animait tous ces nobles personnages et les poussait à la croisade était seule capable de tempérer l'amertume et les regrets d'une telle séparation. Ils reprirent silencieux et mélancoliques la route qu'ils avaient commencée naguère aux cris joyeux de *Montjoie* et *Saint-Denis*, et qui les conduisait au port d'Aigues-Mortes, où les attendaient les galères de Gênes, les vaisseaux de Provence et ceux de Pise.

Aigues-Mortes, où le roi devait s'embarquer avec son armée, était une récente acquisition de la couronne de France. En l'année 1237, Louis IX l'avait reçue de Raymond, abbé de Psalmodi, en échange du district de Sommières. C'était un tout petit village, pauvre et malsain, entouré d'étangs salés, de flaques d'eaux dormantes, d'où lui était venu son nom. Mais ce modeste hameau, qui touchait à la mer, avait un bon port, ou plutôt un port susceptible de devenir bon ;

car pour lors il était encombré de sable, et les travailleurs du roi de France eurent bien à faire pour le déblayer et l'ouvrir aux vaisseaux. Louis et Blanche, qui tenaient extrêmement à posséder un port dans la Méditerranée, — tous les autres à cette époque, appartenaient aux comtes de Provence et de Toulouse, — pressèrent vivement les travaux, et bientôt à la place où le village figurait naguère si tristement, il s'éleva une ville neuve avec ses remparts, un phare avec sa couronne nocturne de lumière, un vaste bassin où les navires trouvaient des eaux profondes et un abri assuré. Le roi ne fut pas avare envers la jeune cité. Il la combla de privilèges, ce qui fit grand bien à celle-ci; car les habitants des pays voisins vinrent en foule bâtir leur demeure à l'ombre des remparts privilégiés, de sorte qu'en peu d'années elle fut très-populeuse et très-florissante. Deux fois elle vit le roi Louis, qui avait pour elle une tendresse paternelle, la choisir pour le lieu de son embarquement. La cité languedocienne se montra fière et reconnaissante d'un tel honneur, et aujourd'hui que la mer, faisant divorce avec elle, l'a laissée à plus d'une lieue de ses flots, privée de son port et de son commerce, désolee et veuve de sa splendeur ancienne, elle n'a pas oublié toutefois son royal fondateur. Sur une des places de la pauvre ville, redevenue morne et presque déserte, comme le village qu'elle avait autrefois remplacé, s'élève depuis quelques années la statue du bon roi qui fut son bienfaiteur et son père. On voit que si Aigues-Mortes a beaucoup perdu, il lui reste encore l'honneur et la reconnaissance.

Donc, le roi Louis, comme nous l'avons dit, chevauchait avec son armée, se déployant en bon ordre, sur la route qui le menait à Aigues-Mortes. Les consolations de la foi, l'espoir de vaincre les ennemis du Sauveur, de délivrer les saints lieux et les chrétiens d'Orient d'un joug barbare, ne tardèrent pas à sécher les larmes du fils de Blanche et de ceux de sa suite. Ces cœurs héroïques connaissaient le prix de l'abnégation, et savaient goûter les surnaturelles douceurs d'un sacrifice fait pour l'amour et la gloire de Dieu. Heureuse époque ! où la foi et la charité remuaient les masses, et où des hommes de toutes les classes et de tous les rangs quittaient leurs foyers, où ils laissaient dans les larmes ce qu'ils avaient de plus cher, et allaient, pour la plus sainte des causes, combattre et mourir sur une terre lointaine, à ce cri : *Dieu le veut* !...

II

Pieuse confrérie.

L'armée royale eut bientôt franchi le Lyonnais et le Dauphiné, et elle venait d'atteindre le Languedoc. Elle fit halte sur la rive gauche du Rhône, en face de la petite ville de Saint-Saturnin-du-Port, appartenant à cette dernière province, et située de l'autre côté du fleuve. C'était le lieu que le roi avait choisi pour franchir la rivière.

Là, en effet, se trouvaient des bacs au service des voyageurs qui allaient au pays d'outre-Rhône ou qui en revenaient, et dont le péage était perçu par un monastère de l'ordre de Cluny.

Malgré les menaces du fleuve, qui roulait en tourbillonnant ses flots impétueux, on voulut tenter le passage. Hélas ! le cœur du pieux monarque dut saigner douloureusement en cette circonstance !... Soit que les nacelles fussent mal dirigées, soit que le courant fût trop fort en ce moment, soit enfin que l'empressement des croisés les eût entassés en trop grand nombre sur ces frêles embarcations, avant d'avoir atteint le milieu du fleuve plusieurs de ces bateaux chavirèrent et s'abîmèrent sous les eaux. Ce fut une grande pitié. La partie des troupes encore sur le rivage, les habitants de Saint-Saturnin que la curiosité avait fait accourir au-devant du roi de France, rivalisèrent d'efforts pour arracher aux tourbillons qui les engloutissaient quelques-unes de ces victimes infortunées. Hélas! malgré ce zèle empressé, beaucoup de nobles hommes périrent, et la bannière de la France et de la croisade eut à déplorer la perte de quelques-uns de ses plus braves et de ses plus vaillants défenseurs.

Louis, désolé, en pleurant des larmes de père sur ceux qu'il avait perdus, ne voulut pas exposer à un sort pareil le reste de son armée. Il s'éloigna de ce lieu funeste, et, continuant à longer la rive gauche du Rhône, il alla franchir le fleuve à Tarascon. Bientôt après il s'embarqua, sur la flotte préparée dans le port d'Aigues-Mortes, pour cette glorieuse expédition d'Egypte, où il fut si grand dans ses triomphes, plus grand encore dans ses revers.

Toutefois ce déplorable désastre devait faire éclore une grande pensée dans le cœur des habitants de Saint-Saturnin. Au treizième siècle, on n'avait point encore entendu parler de cette ingénieuse contrefaçon d'une vertu sublime qu'on nomme *philanthropie*, et qu'il a plu au génie moderne d'inventer et de mettre en honneur pour dépouiller la charité de sa forme divine, et l'affubler d'un nom tout humain et tout philosophique. On verra toutefois, par ce que nous allons raconter, de quelles merveilles était capable la simple *charité* de ces bons vieux temps. Hélas! oui, nos pères, ces *sots*, comme les a appelés un homme trop célèbre qui a fait de notre histoire nationale un roman des plus mauvais, ces hommes qui croyaient et qui aimaient, avaient le secret de ces nobles dévouements et trouvaient dans leur charité la force d'accomplir les plus grandes choses.

Que se passa-t-il donc à Saint-Saturnin après le cruel naufrage qui avait causé des pertes si sensibles au cœur du saint roi de France? Les habitants de la petite ville se réunirent pour pleurer sur les morts, et quelques-uns d'entre eux jurèrent que désormais pareil malheur n'arriverait plus dans leurs parages. La multitude s'étonna d'abord de l'audace d'un tel serment; mais quand ces généreux citoyens l'eurent initiée à leur projet, elle applaudit avec vigueur, et fit entendre sur eux des paroles de bénédiction et d'espérance.

Ils étaient trop rapprochés d'Avignon pour ignorer l'œuvre merveilleuse que Bénézet, un simple berger, y avait faite moins d'un siècle auparavant. Ils firent donc le vœu de marcher sur ses traces et de bâtir comme lui un pont sur le passage si tristement marqué par le désastre de l'armée du roi Louis.

Le moyen âge connaissait fort peu, — si toutefois il les connaissait, — en dehors des corporations ouvrières, les associations commerciales ou industrielles; mais, en revanche, il connaissait fort bien les associations de charité. Ces dernières étaient tellement dans ses mœurs et dans ses instincts qu'on peut les donner comme un trait distinctif de l'époque. Ceux des habitants de Saint-Saturnin qui s'étaient engagés par vœu à la construction du pont, s'unirent dans une association de ce genre. Le Pape approuva par une bulle la pieuse confrérie, dont les membres, vêtus d'une robe blanche, et portant sur la poitrine deux arches de drap rouge surmontées d'une croix, se mirent aussitôt en marche, et allèrent par toute l'Europe chrétienne quêter l'or du riche et l'obole du pauvre pour l'accomplissement de leur pieux dessein. La bénédiction de Dieu les suivit dans leurs lointaines pérégrinations; ils revinrent chargés de sommes énormes qui suffirent non-seulement à jeter sur le fleuve le pont projeté, ouvrage gigantesque qui ne compte pas moins de vingt-six arches et a près d'un kilomètre de longueur, mais encore à fonder et à doter un hôpital magnifique, dédié au Saint-Esprit, et ouvert aux malades de la ville, aux bateliers du Rhône et aux pauvres voyageurs, qui y recevaient l'hospitalité durant trois jours et trois nuits.

La première pierre du pont fut posée en l'an 1265, et ce ne fut que quarante-cinq ans après que l'œuvre fut terminée.

Le monument du moyen âge subsiste encore; et ce ne fut pas sans une profonde émotion que, visitant, il y a quelques années, comme touriste, l'ancienne ville de Saint-Saturnin, qui depuis longtemps n'est plus connue que sous le nom de Pont-Saint-Esprit, nous vîmes dans la chapelle de l'antique hôpital, figurées dans un écusson, les arches rouges surmontées d'une croix. En reportant nos regards vers le passé, nous nous demandâmes alors : « Que sont devenus ces temps heureux où la charité donnait à de simples particuliers, souvent bien obscurs et bien pauvres, les moyens et la force d'accomplir de tels prodiges?... »

LA PETITE

MARCHANDE D'ALLUMETTES

Imité de l'anglais de Ch. Law.

I

Le messager céleste.

Vous avez souvent entendu dire, chers enfants, lorsqu'un petit être chéri de sa mère vient à mourir, que Dieu l'a retiré de ce monde, parce qu'il voulait un nouvel ange dans son paradis. Rien n'est plus vrai.

Or, un soir de Noël, Dieu, voulant un nouvel ange dans son paradis, appela un de ses rapides messagers aux ailes d'azur, et lui commanda de venir visiter notre globe et d'y chercher un petit enfant digne du bonheur des élus. L'ange s'inclina profondément devant le trône radieux d'étoiles du Tout-Puissant, et il partit aussitôt pour accomplir son message.

Arrivé dans une grande cité d'Angleterre, l'envoyé du Seigneur replia ses ailes bleues, et immédiatement, parmi les rangs de l'enfance, il commença sa mystérieuse revue. Il vit des enfants par centaines; mais quand il avait sondé du regard leur petit cœur, il n'en trouvait aucun qui fut digne du paradis. Ceux-ci étaient remplis d'orgueil, à cause des beaux habits dont ils étaient vêtus, des splendides palais qui leur servaient de demeure, des nombreux serviteurs qui les entouraient et veillaient sur eux. C'étaient les enfants riches. Ceux-là (c'étaient les enfants pauvres) étaient tous plus ou moins dominés par l'impatience et l'envie. L'ange alors soupira tristement, et regardant le firmament où scintillaient mille étoiles, il eut un moment le désir de retourner vers Dieu. Il s'aventura néanmoins à travers les rues de l'immense cité, et il continua à visiter les maisons qui paraissaient si pleines de lumière et de mouvement. Il y vit de nombreux enfants entourant de beaux arbres de Noël et bondissant de plaisir et de joie; il y vit aussi d'autres petits, qui n'avaient ni arbres de Noël, ni doux foyer, ni joie, ni plaisir; mais nul d'entre eux ne lui parut prêt pour le bonheur du ciel. A l'angle d'une place, l'ange rencontra un vaste édifice; on l'appelait la maison des pauvres; c'était le lieu où les infortunés sans demeure trouvaient un refuge. Le messager céleste entra dans cet asile, et après avoir traversé plusieurs salles pleines de pauvres gens qui se livraient à de rudes travaux, il arriva dans une chambre où dormaient bon nombre de petits enfants. De ses yeux clairvoyants il interrogea leurs cœurs un à un, et de nouveau il exhala un plaintif soupir. Enfin, il atteignit un petit lit où, les mains croisées sur sa poitrine, un petit être pâle était couché. En voyant le cœur de l'enfant, l'ange sourit, et il allait poser sa main sur le front de cette douce créature et appeler à lui son âme, quand il vit entrer dans la salle une pauvre femme dans les yeux de laquelle la fatigue et le chagrin avaient laissé leur douloureuse empreinte. Elle s'avançait sans bruit, d'un pas mystérieux, comme si elle eût craint d'être entendue. Elle vint s'agenouiller au pied de la couchette, couvrit d'ardents baisers les mains et le visage de l'enfant en versant toutes les larmes de ses yeux. Elle demeura un moment immobile; puis elle caressa les jolies boucles qui paraient la petite tête blonde, et faisant un violent effort sur elle-même, tordant ses mains dans sa douleur, elle s'éloigna sans bruit comme elle était venue. L'ange, à cette vue, suspendit son appel, retira sa main du front de l'enfant et exhala sur ce petit être frêle un souffle de vie.

Hélas! cette pauvre mère n'avait ici-bas que cet enfant pour toute consolation, pour tout plaisir, pour tout espoir!... L'ange ne voulut pas le lui ravir. Il bénit ce cœur pur et innocent, et quitta ce lieu. De nouveau alors il regarda le firmament, et y vit briller les étoiles d'or, et il comprit qu'il devait faire diligence, car Dieu demandait un nouvel ange pour chanter cette nuit même dans le ciel les cantiques de Noël.

II

Nellie et sa mère.

L'ange reprit donc sa route à travers les rues et les places, et il arriva dans une petite allée où s'élevaient des maisons pauvres, misérables, délabrées, des maisons où la bûche de Noël ne brûlait point dans les gais foyers, et dont les croisées brisées étaient garnies de vieux haillons. De la plus chétive de ces demeures, l'ange entendit sortir de douloureux gémissements. Ce fut là qu'il entra. Hélas! quel spectacle s'offrit à ses regards!... Point de meubles dans la salle, si ce n'est une table boiteuse et un escabeau; point de feu dans le petit foyer; une misérable lampe donnait à peine un peu de lumière, et dans un coin, sur un grabat, à peine couverte, gisait une pauvre femme malade et mourante ; à ses côtés était agenouillée une petite fille pressant les mains défaillantes et amaigries de sa mère et s'efforçant de les réchauffer.

« Oh ! Nellie, murmurait en tremblant la pauvre agonisante, Nellie, mon enfant, que j'ai froid !... Oh ! que j'ai froid !...

— Chère mère, laissez-moi serrer la couverture autour de vous !... » Mais, hélas ! la couverture, vieille et en lambeaux, ne pouvait nullement réchauffer la malade, et le vent glacé du soir pénétrait en sifflant dans la pauvre demeure à travers les carreaux brisés de la fenêtre.

« Oh ! Nellie, soupira de nouveau la mère, si je pouvais avoir un peu de feu, cela me réchaufferait.... Oh ! Nellie, comme j'aimerais un bol de thé bien chaud.... » Et sa voix fut étouffée par une toux aiguë qui semblait vouloir mettre en pièces sa poitrine.

« Hélas ! hélas ! dit l'enfant se répandant en sanglots et en lamentations, je ne sais que faire.... Hélas ! comment pourrai-je vous secourir, mère bien-aimée ?

— Tu ne peux pas me secourir, toi, pauvre enfant ! Dieu seul le peut. »

Et Nellie, désolée, laissa retomber sa petite tête sur la poitrine haletante de la malade. Tandis qu'elle est là, pleurant sur le sein maternel, je vais, chers enfants, vous faire faire plus ample connaissance avec la fille et la mère.

On les nommait Lee. Quelques années auparavant, mistress Lee, alors bonne et belle jeune fille, avait épousé un brave marin. Pendant quelque temps, elle fut très-heureuse. Mais une nuit (Nellie avait alors deux ans), un vent violent, furieux, s'éleva et engloutit sous les vagues courroucées la barque que montait l'infortuné matelot. Tout fut perdu, corps et biens, et quand l'aurore parut, calme et souriante, le cadavre du père de Nellie fut trouvé sur le rivage, où les flots l'avaient rejeté. Les mauvais jours commencèrent pour la pauvre veuve. Durant quelques années, elle se donna beaucoup de peine, allant à sa journée comme blanchisseuse, mais sa frêle constitution ne pouvait résister aux fatigues de ce rude métier; elle finit par tomber dans une maladie de consomption dont elle ne devait pas se relever. Au moment où nous la trouvons dans sa demeure isolée, elle était malade depuis plus d'une année déjà; et, durant ce temps, Nellie avait été son unique soutien. La chère enfant vendait dans la rue des allumettes et des lacets de bottines, et trop souvent, quand son petit commerce n'allait pas, elle était réduite à mendier. Que de fois, au milieu d'un hiver rigoureux, il n'y avait ni feu ni nourriture dans la pauvre demeure. D'ailleurs, les aliments grossiers que procurait l'industrie de Nellie ne convenaient nullement à l'état de la mère : aussi, de jour en jour, la maladie de celle-ci empirait, et quand vint la nuit de Noël, la pauvre femme était sur le point de rendre le dernier soupir. Mais ni elle ni Nellie ne s'en doutaient. Le bon prêtre qui visitait la malade était lui-même très-pauvre. Cependant, malgré l'exiguité de ses ressources, il payait le loyer de la malheureuse famille, et quelquefois il se privait de son repas pour le lui envoyer. Que pouvait-il faire de plus? Dans le vaste quartier dont il était chargé, il comptait peut-être deux cents paroissiens aussi misérables que mistress Lee!

Nellie, toujours penchée sur le sein de sa mère, continuait à se lamenter. Enfin, elle put constater que la respiration de la malade était devenue plus facile et plus calme. La toux avait cessé. L'enfant se releva.

« Maintenant, mère chérie, vous voilà un peu mieux, dit-elle. Je vais sortir. Il me reste sept boîtes d'allumettes et dix lacets. C'est la nuit de Noël. Les cœurs, dans cette nuit de bénédiction, s'ouvriront peut-être à la pitié... Je vendrai, ou bien l'on me donnera quelque chose.

— Mais il fait bien froid, Nellie, dit la mère d'une voix à peine intelligible.

— Non, mère, non. C'est la nuit de Noël... Le bon petit Jésus me protégera. Qui sait ce que je rapporterai?... »

III

Les cœurs durs. — Influence de l'ange.

Nellie s'enveloppa dans son petit manteau et se munit de ses boîtes d'allumettes et de ses lacets. Elle se pencha sur le visage de sa mère, déposa plusieurs baisers sur le front de la malade, couvert, au grand étonnement de l'enfant, de larges gouttes de sueur froide.

« Allons, bonne mère, vous allez dormir tranquille en attendant que je revienne et que je vous rapporte de quoi vous soulager. »

Mistress Lee, rassemblant tout ce qui lui restait de forces, prit la bonne petite créature dans ses bras et la pressa convulsivement contre son cœur.

O mères! vous qui avez embrassé pour la dernière fois un enfant chéri, vous seules pouvez savoir ce qui, à ce moment suprême, se passa dans le cœur de la malade.... Nellie était sortie.... L'air au dehors était froid et glacial.... Un moment, mistress Lee prêta l'oreille au bruit des petits pas de l'enfant; mais bientôt ce bruit s'éteignit dans le lointain, et alors la pauvre femme, joignant ses mains défaillantes, exhala vers

Dieu un dernier cri.... L'ange avait passé doucement et touché de son aile le front pâle de la mère, puis il s'était engagé à la suite de Nellie dans les rues de la cité.

« Allumettes bonnes ! bonnes allumettes ! un penny(1), rien qu'un penny la boîte ! » criait la petite voix de l'enfant.

Mais nul ne semblait se soucier de ses allumettes.... Tous ceux qu'elle rencontrait étaient si affairés et avaient l'air si heureux !... Le froid était intense. Les hommes avaient boutonné jusqu'au menton leurs grandes redingotes et battaient le pavé du pied pour se réchauffer, sans y réussir parfaitement. Les femmes, pliées dans des châles lourds et épais, enveloppées de robes bien chaudes, munies de fortes chaussures, semblaient néanmoins grelotter. Qui s'étonnera que la chère petite Nellie fût toute tremblante sous sa vieille robe de coton usée, sous son châle en lambeaux, et avec ses misérables bottines percées ? Néanmoins, au milieu de la foule affairée et pressée, la petite voix continuait à s'élever claire et perçante :

« Allumettes ! bonnes allumettes ! »

Mais nul ne s'arrêtait, et Nellie poursuivait péniblement sa route. L'ange la suivait de près. Personne dans la foule ne vit le messager céleste ; mais plu-

(1) Le penny vaut environ 10 centimes de notre monnaie.

sieurs, à mesure qu'il passait, éprouvèrent son influence. Un homme de forte taille parlait au milieu d'un groupe. Ses lèvres s'ouvraient pour jurer. Les paroles impies du blasphème étaient sur le point de s'exhaler de sa bouche, mais elles ne furent point entendues. Ce méchant homme, sans savoir pourquoi, ne put les proférer. Il sentit s'élever soudain dans son âme une bonne et sainte pensée, et son cœur rendit hommage à Dieu. Sans doute l'ange, en passant, l'avait effleuré de son ombre mystérieuse.

Un peu plus loin, une méchante femme avait la main levée pour donner à un pauvre petit tout tremblant un rude soufflet. Sa main retomba impuissante; ses paroles de menaces expirèrent sur ses lèvres et firent place à de tendres accents.

Plus loin encore, un bien méchant garçon, — un voleur émérite, — dressait ses plans pour ravir à une pauvre femme le salaire de son rude travail qu'elle portait à la main dans une petite bourse de cuir. Mais, pour la première fois dans sa longue carrière de crimes, le voleur éprouva un remords. La crainte et l'horreur du péché qu'il méditait le plongèrent pour un moment dans l'irrésolution et l'incertitude; et la femme passa, et le crime ne fut pas commis.

Plus loin encore, un homme arrêté devant une taverne comptait dans sa main quelques pièces de monnaie. Ah! cet argent qu'il allait dépenser en folies, aurait procuré du pain et du feu à sa femme et à ses enfants que la faim torturait, hélas! et qui grelottaient de froid! Un moment leurs pâles visages s'offrent à son esprit; mais soudain la porte de la taverne s'ouvre; la brillante lumière, la douce musique qui en sortent, viennent réjouir l'air de la nuit.... Pauvre femme, pauvres enfants, c'est en vain que vous l'appelez à vous dans les angoisses de la faim! Il va entrer dans l'antre maudit où s'ensevelira votre dernière espérance.... Mais non; l'ombre de l'ange l'a effleuré, lui aussi.... Il ne peut avancer, et voilà qu'il entend une petite et douce voix murmurer à son oreille : « Père!... » Et il se souvient de la prière que sa mère lui faisait redire autrefois : « Ne nous laissez pas succomber à la tentation.... » Et il reprend le chemin de sa demeure, où son retour dilate les cœurs et fait éclater la joie sur tous les fronts. Oh! cher ange, que de bien vous fîtes cette nuit dans votre course invisible à travers les rues!...

Et toujours, au milieu du bruit et du tumulte de la foule, la petite voix de Nellie, devenue maintenant faible et enrouée, continuait à crier :

« Allumettes bonnes! bonnes allumettes! »

Dieu vienne en aide à la pauvre enfant; car, hélas! nul acheteur ne se présente. Les pas de Nellie sont devenus incertains et chancelants.... Mais... voici enfin une pratique!... Les yeux bleus de l'enfant brillent, son cœur bondit!... Peut-être va-t-elle vendre deux ou trois boîtes....

« Combien vendez-vous ces allumettes?

— Un penny la boîte, madame.

— C'est beaucoup trop. Je ne puis en donner qu'un demi-penny, et encore suis-je généreuse.

— Oh! madame, répliqua Nellie avec vivacité, je les paie moi-même un demi-penny; et, de plus, ma mère est malade et a besoin d'argent.

— Oh! oh! vous autres, vous avez toujours toutes sortes d'histoires pitoyables à conter!... mais je connais tout cela, et je n'en crois pas un mot. Voulez-vous un demi-penny, ou je m'en vais?

— Donnez un demi-penny, madame.

— Je pensais bien que vous y viendriez, dit la femme avec un sourire où perçaient l'insensibilité et l'orgueil.

— Oh! pensait l'enfant, puisse le bon Dieu du haut du ciel faire quelque chose pour moi!... Je ne puis retourner vers ma mère avec un demi-penny: je lui ai promis du thé et du feu.... Oh! ma pauvre mère!... » Et le tendre cœur de Nellie commençait à lui manquer, et elle s'assit sur une pierre noire pour verser toutes les larmes de ses yeux. Puis elle se leva, et parcourut péniblement encore une rue, et puis encore une autre, criant toujours:

« Allumettes ! bonnes allumettes ! »

Hélas ! nul ne répondait à son appel....

En jetant ses regards sur la boutique d'un épicier, elle vit qu'il était bientôt dix heures. Elle s'arrêta une minute ou deux devant la fenêtre de la boutique, et avec cet ardent désir que domine la faim, elle se prit à soupirer après une grappe de ces beaux raisins, quelques-unes de ces belles figues, de ces oranges d'or, de ces biscuits délicats qui s'étalaient à ses regards, après un peu de ce thé parfumé, de ce sucre blanc et brillant qu'elle apercevait devant elle. Elle aurait pu avec cela faire tant de bien à sa mère !...

IV

Bonté et charité.

L'horloge sonna dix heures, et l'enfant se hâta de s'éloigner. Pauvre Nellie ! la pensée de sa mère mettait le désespoir dans son petit cœur. A ce moment, un homme à l'extérieur distingué passait dans la rue. Son manteau garni de fourrures couvrait à demi son visage, mais ses yeux s'arrêtèrent avec douceur sur la petite fille tremblante.

« Oh! monsieur, voudriez-vous m'acheter des allumettes ?

— Des allumettes? dit le *gentleman* avec bonté, mais je ne saurais qu'en faire.

— Oh ! monsieur, je vous en supplie, veuillez m'en acheter ! J'ai été toute la soirée dans la rue cherchant à les vendre, et je n'ai pu réussir... Ayez pitié de moi !... Ma mère est bien malade : il lui faudrait du feu et un peu de thé, et je ne puis les lui procurer.... Achetez-moi des allumettes !... répétait la jeune fille d'une voix qui perçait le cœur.

— Mon enfant, dit le gentleman attendri, quel est votre nom ?

— Ellen Lee, monsieur.

— Où demeurez-vous ?

— Allée de Brown, près King-Street, monsieur.

— Et où est votre père ?

— Il est mort depuis longtemps déjà, et ma mère est bien malade. »

Le gentleman tira un carnet de sa poche et écrivit le nom et l'adresse.

« Chère enfant, désormais on prendra soin de vous. Prenez ceci en attendant, et courez vers votre mère. Demain je vous enverrai du charbon et du pain. Dieu vous bénisse, ma pauvre petite !...

— Dieu vous bénisse vous-même, homme bon et charitable ! »

Nellie ne pouvait en croire ses yeux. Elle ne bougeait pas de place, et dans sa surprise et son étonnement elle tournait et retournait dans sa main la pièce de monnaie qu'elle venait de recevoir. C'était une demi-couronne. Soudain elle se mit à courir après le gentleman.

« Monsieur, lui dit-elle tout essoufiée par la précipitation de sa course et l'excès de sa joie, vous avez oublié de prendre quelques-unes de mes boîtes ou quelques-uns de mes lacets ; prenez-en, monsieur, ou plutôt prenez, prenez tout !

— Non, non, ma chère, répliqua le gentleman, gardez ces objets. » Mais, voyant l'air désappointé de l'enfant, il ajouta : « Eh bien, tenez, je vais prendre un de ces jolis lacets....

— Merci, monsieur, »

Mais il ne s'arrêta pas à écouter les remerciements de Nellie et s'éloigna à la hâte.

« Une demi-couronne ! toute une demi-couronne ! »

Qu'allait acheter Nellie avec cela ? C'était vraiment trop beau ! La fatigue, le froid et la faim étaient oubliés. Le cœur de l'enfant dansait de joie, ses yeux brillaient, et ses pieds bondissaient sur le pavé. Comme elle fut vite à la porte de l'épicier ! Devant la fenêtre, elle tint un solennel conseil avec elle-même : « Du thé et du sucre, oui ; du pain, du beurre, et puis du bois pour le feu ! » Combien long lui paraissait le temps de donner à l'épicier la demi-couronne et d'en recevoir la monnaie!... Elle regarda ensuite les friandises étalées sur les rayons de la boutique pour voir ce qui conviendrait le mieux à sa mère malade. Elle ne pensait pas à elle-même, la chère enfant!... Une orange, quelques-uns de ces biscuits si légers et si délicats, c'était bien ce qu'il lui fallait.... Nellie se demandait si elle ne rêvait pas. L'épicier fut si bon aussi! Après ses emplettes pour sa mère, il lui donna pour elle-même un biscuit entier et une demi-grappe de raisin!... Mais ne croyez pas qu'elle se donna le temps de les manger! Chargée de son précieux butin, elle se mit à courir à travers les rues, et revint en toute hâte à sa pauvre demeure.... Et pendant le reste de la nuit on n'entendit plus retentir ce cri qui faisait pitié : « Allumettes bonnes! bonnes allumettes! »

V

Le dernier sommeil. — Repos et bonheur.

Nellie ouvrit la porte doucement et avec des précautions inouïes, dans la crainte de troubler sa mère qui peut-être dormait. La petite lampe brûlait encore, et à sa lueur vacillante qui éclairait le visage de mistress

Lee, Nellie la crut en effet endormie. Hélas ! le visage de la pauvre mère avait la blancheur du marbre, les mains de la pauvre mère étaient raides et croisées sur sa poitrine, la pauvre mère s'était endormie de son dernier sommeil ! Mais Nellie ne s'en doutait pas, et elle continuait à agir sans bruit, dans la crainte de la réveiller.... Et l'ange, de son côté, continuait à veiller sur Nellie, et aucune des bonnes actions de la petite, aucune de ses pieuses pensées n'était perdue pour lui. Elle alluma le feu, dont la rouge lumière donnait aussitôt à la pauvre chambre un air de confort inaccoutumé. Nellie était toute fière en regardant autour d'elle. La bouilloire à thé, quoique ébréchée et dépourvue de couvercle, n'en chantait pas moins gaiement devant le foyer. Et l'enfant déploya ses riches provisions. Elle plaça l'escabeau près du lit, et déposa sur cette table improvisée les biscuits et l'orange, souriant à la pensée de la surprise qu'allait causer à sa mère la vue de toutes ces merveilles. Elle déposa aussi sur l'escabeau le bol et la soucoupe, et puis elle se mit en devoir de faire le thé. Elle le laissa infuser quelques instants pour qu'il eût plus de vertu, et elle s'assit pour se reposer un peu. Oh ! comme elle était heureuse !... comme elle trouvait que Dieu avait été bon pour elle ! Cependant sa lassitude et sa faiblesse étaient extrêmes ; et si ce n'avait été à cause de sa mère, elle aurait désiré mourir, car l'avenir ne laissait entrevoir ici-bas à la pauvre enfant que des jours mauvais.... Et alors ses pensées s'arrêtèrent sur la fête, sur la nuit de Noël, sur l'enfant Jésus ; et elle se rappela un petit cantique que le prêtre lui avait appris à chanter, et elle voulut le redire; mais à mesure qu'elle élevait la voix, elle éprouvait dans sa petite poitrine une douleur vive et aiguë. Et la brillante lumière du foyer dansait dans la chambre, et éclairait le visage de la mère morte et de l'enfant vivante, et l'enfant continuait à attendre et à veiller.

« Je m'étonne que ma mère ne s'éveille point.... disait Nellie. Si je l'appelais.... »

Et elle ajoutait doucement :

« Mère bien-aimée, dormez-vous toujours ? »

Mais point de réponse. Et l'enfant vida dans le bol le thé parfumé ; elle mit un biscuit dans la soucoupe et plaça le tout près de sa mère. Et l'ange se rapprocha de Nellie, car il avait pitié d'elle.

« Mère, voyez.... Je vous ai apporté du thé excellent et un beau gâteau; prenez-en donc, je vous en prie.... »

Mais toujours le même silence de mort... Nellie lui tendit le bol pendant une minute ou deux; puis elle le déposa de nouveau, croyant toujours que sa mère était plongée dans un sommeil profond.

La pauvre enfant se pencha sur le lit et passa doucement sa main sur le blanc visage de sa mère. Hélas !

jamais elle ne l'avait trouvé si froid... Elle souleva sa main, qui retomba aussitôt lourde et glacée, et alors enfin l'enfant comprit que sa mère était morte... Oh! ayez pitié d'elle, cher ange; ayez pitié de la douleur amère qui remplit son tendre cœur! Ayez pitié de son effroi, de son isolement, de ses angoisses terribles!... Ayez pitié de cette infortunée petite créature qui est là debout, saisie d'horreur, les mains crispées, les yeux immobiles et fixés sur le visage de sa mère morte!... Et l'ange ne put supporter un pareil spectacle, il ne put voir plus longtemps la pauvre enfant ainsi torturée; il se rapprocha d'elle, étendit sa main sur son front, comme il avait fait sur celui de la mère, et Nellie s'affaissa doucement sur le lit. Et lorsque les yeux de la petite se rouvrirent, la lumière du foyer et celle de la lampe avaient disparu, et au milieu de la chambre elle vit l'ange debout et environné d'une auréole d'or. Son beau visage était tourné vers elle, et sur elle se fixait le doux regard de ses yeux. L'enfant, à cette vue, ne fut pas effrayée : elle ouvrit les bras, au contraire, et les tendit vers l'ange. Celui-ci s'avança plus près d'elle, et les rayons de son auréole se réflétaient sur le front de Nellie. L'ange se pencha vers l'enfant et lui dit :

« Nellie, petite Nellie, voulez-vous venir avec moi au ciel cette nuit, et chanter là-haut avec les anges les cantiques de Noël ?

— Au ciel? oh! oui, emmenez-moi au ciel, cher ange; je suis lasse, si lasse de souffrir le froid et la faim!...

— Votre mère est au ciel, Nellie. Elle vous y a précédée, et elle vous y attend. Vous auriez de la peine à la reconnaître maintenant, cette mère bien-aimée, Nellie; elle n'est plus pâle, amaigrie, souffrante, mais brillante et radieuse de beauté et de bonheur. »

Un joyeux sourire effleura les lèvres de l'enfant.

« Certaines gens, continua l'ange, sont effrayés de la mort, et quelques-uns ne voudraient jamais mourir. Ils aiment le monde et leurs amis de la terre plus que Dieu et son paradis.... Maintenant, dites-moi, petite, si votre mère vivait encore, si vous étiez heureuse et dans l'opulence, si vous n'étiez point forcée de gagner votre misérable vie par un pénible travail, et que Dieu m'envoyât vers vous, consentiriez-vous à me suivre au ciel? »

L'enfant hésita; un moment elle parut livrée à une réflexion profonde, puis elle s'écria soudain :

« Oh! oui, cher ange, je vous suivrais!... »

Et l'ange aussitôt posa de nouveau sa main sur le front pâle de Nellie; il ferma ses yeux bleus, qui, une heure auparavant, étincelaient de bonheur et de joie, et croisa ses petites mains sur son cœur innocent. Un doux murmure remplit la chambre, semblable à une lointaine musique ; une vive lumière l'inonda de ses rayons d'or, et l'ange et l'enfant s'envolèrent ensemble vers le ciel radieux d'étoiles où Dieu les attendait !

Le lendemain, selon sa promesse, le bon gentleman vint dans la pauvre maison ; mais c'était trop tard. L'enfant s'était endormie à côté de sa mère.... Bonne petite Nellie! elle avait vu finir ses soucis et ses peines, elle avait enfin trouvé le bonheur et le repos!... Il y eut grand bruit et grande confusion dans le quartier. Les voisins se blâmaient mutuellement d'avoir délaissé ces deux infortunées. On disait que la mère était morte de faim, l'enfant de froid et de frayeur. Mais la frayeur ne laissa jamais sur un visage cette expression de douceur souriante et de tranquillité sereine que l'on remarquait sur celui de Nellie.

Le même bon gentleman se chargea des funérailles des deux mortes, et souvent, plusieurs années même après cet événement, il répétait qu'il croyait toujours entendre retentir à son oreille la petite voix qui criait :

« Allumettes bonnes ! bonnes allumettes ! »

Et quand l'histoire de Nellie fut connue, elle produisit quelque bien, car les gens devinrent plus humains, et plus d'un petit marchand d'allumettes en profita.

Chers enfants, cette histoire est bien vraie. Hélas !

au milieu des cités les plus opulentes, il est vraiment des malheureux qui meurent de faim et de froid!... Et maintenant, chers enfants, plus qu'un mot : N'oubliez pas Nellie, et que son histoire vous apprenne à avoir compassion du pauvre et à le secourir.

LA FILLE
DE L'AVEUGLE

I

Geneviève et Noémi.

Le soleil couchant plongeait à moitié son disque derrière les collines plantées d'oliviers et de vignes au feuillage jaunissant, qui bornent à l'ouest l'horizon d'un hameau de pêcheurs situé à quelques kilomètres de Toulon. C'était au début de l'automne. La mer, lisse et bleue près du rivage, scintillait au loin, par le reflet des derniers rayons du jour, comme une moire d'argent. Ses rives, au lieu qui nous occupe, élevées en pentes raides et couvertes à leur sommet de romarins et de quelques touffes d'yeuses, s'ouvrent en un seul point et interrompent, par une courbe gracieuse et profonde formant une petite anse, la ligne sévère et monotone des falaises. C'est au fond de cette anse, sur un monticule rocailleux, que sont assises les chétives cabanes du hameau. Des filets étendus sur la grève et dont les femmes des pêcheurs relèvent les mailles ; quelques charpentiers armés de la scie et de la hache, radoubant sur un modeste chantier des barques avariées ; deux ou trois vieux marins assis sur un tronc d'arbre renversé, et fumant leur pipe en silence, avec le flegme qui distingue leur profession; une dizaine de petits enfants assez mal vêtus, jouant avec les cailloux et les coquillages qui brillent au bord de l'eau; enfin une vingtaine d'embarcations, frêles et coquettes, amarrées aux saules du rivage, complètent le tableau et donnent à ce lieu, d'autre part assez triste, une physionomie pittoresque.

A quelque distance du principal groupe de cabanes, vers la pointe occidentale de l'anse, s'élève une maisonnette isolée, dont l'aspect extérieur est loin sans doute de révéler, chez ceux qui l'habitent, le luxe ou même l'aisance, mais qui, grâce à ses murs blanchis à la chaux, au petit jardin qui la précède et où s'épanouissent quelques fleurs d'automne, fait un agréable contraste avec les réduits enfumés du village. C'est là que nous devons nous arrêter.

Deux femmes sont assises devant le seuil sur un banc de pierre. L'une porte, sur son visage hâlé par le soleil de Provence et l'air de la mer, les traces d'une vieillesse prématurée. L'autre est une jeune fille de dix-huit ans. Son teint n'a pas été à l'abri de l'influence du soleil méridional; mais les lignes de son visage, sans être d'une correction irréprochable, ne manquent ni d'harmonie ni de grâce; de longs cils, noirs comme sa chevelure, voilent à demi des yeux d'où s'échappe un de ces regards angéliques qui révèlent, à première vue, une âme innocente, un cœur doué de nobles instincts. De vagues ressemblances dans les traits de ces deux femmes permettent de reconnaître en elles, malgré les rides de l'une et la fraîcheur de l'autre, la fille et la mère. Celle-ci, veuve depuis un an du plus honnête pêcheur de la côte, porte le nom de Geneviève; la fille, celui de Noémi.

Elles s'occupent à tisser un vaste filet aux mailles arrondies, qui se déploie sur leurs genoux. De temps à autre, la jeune fille relève la tête, et son regard si doux et si sympathique s'arrête sur le visage de sa mère, penchée sur son travail comme une personne dont la vue est affaiblie. Chaque fois qu'elle la regarde ainsi, un soupir s'exhale de sa jeune poitrine, car une larme brillante comme une perle coule de la paupière de Geneviève et descend lentement sur sa joue. Jusque-là aucune parole n'a donné le secret de l'émotion de ces deux femmes ; mais il est aisé de voir que leurs cœurs battent à l'unisson, et que la douleur de l'une cause la douleur de l'autre.

Enfin, Noémi, déposant sur la pierre son écheveau et son filet, se lève, et agenouillée aux pieds de sa mère, appuyée sur ses genoux et fixant sur elle des yeux où la piété filiale la plus ardente brille au travers des larmes, elle rompt le silence.

« Bonne mère, dit-elle, serez-vous donc toujours plongée dans cette noire tristesse? ne sera-t-il pas permis à l'amour de votre fille de vous consoler?...

— Pauvre et chère enfant, répondit Geneviève vivement émue, il est pénible à ton âge, n'est-ce pas, de n'avoir jamais en vue que des larmes, de passer les jours et les nuits seule en face d'une femme affligée! Je le sens, ma Noémi... et je m'efforce chaque jour de me faire violence. Mais mon courage n'est point au niveau de ma douleur!... Et ton amour, mon enfant, ton amour qui devrait faire ma consolation, est précisément ce qui double mes souffrances!... Tu ne me comprends pas, Noémi?... »

La mère et la fille échangèrent un regard qui trahissait leurs mutuelles angoisses : l'une avait à révéler, l'autre à entendre un redoutable secret. On eût dit que Noémi pressentait le lugubre aveu que Geneviève allait lui faire, tant l'expression de la physionomie de la jeune fille était devenue douloureuse.

« Que voulez-vous dire, ma mère? soupira la pauvre enfant d'une voix tremblante d'émotion.

— Allons au bord de la mer, répondit Geneviève; j'ai besoin, pour achever, de respirer à l'aise l'air frais du soir. »

Geneviève s'appuya sur le bras de Noémi, et toute deux vinrent s'asseoir à l'extrémité de l'anse, sur une roche qui dominait la nappe alors calme et luisante des eaux.

« Le jour s'en va, ma fille, dit Geneviève; la mer commence à perdre cette teinte bleue et ces reflets argentés que tu aimes tant à voir. Bientôt la nuit répandra sur les flots, comme ailleurs, ses noires et profondes ténèbres.... Mais demain le bon Dieu fera de nouveau lever son soleil, et tes yeux retrouveront le spectacle qu'ils affectionnent.... Mais ta mère, Noémi.... Il serait cruel de te le cacher plus longtemps.... ta mère bientôt ne verra plus ni ton visage, ni le soleil, ni la mer!...

— Qu'ai-je entendu? s'écria la jeune fille en étreignant Geneviève dans ses bras et en répandant un torrent de larmes. Mon Dieu! voudriez-vous me ravir ma mère?...

— Tu n'as pas compris mes paroles, Noémi. Ce n'est point la mort qui me menace de près. Hélas! je vivrai encore!... Mais Dieu — que sa sainte volonté soit faite! — nous réserve à toi et à moi une grande épreuve.... Que le Ciel nous prenne en pitié ! Notre-Dame, patronne des affligés, ne nous abandonnez pas !... Noémi, avant peu ta mère sera aveugle !...

— Juste ciel !... » dit la voix défaillante de Noémi. Et la pauvre enfant eut besoin de recueillir toutes ses forces pour résister à ce coup terrible. Penchée sur les genoux de Geneviève, pâle et les yeux noyés de larmes, elle écouta en tremblant :

« Avant la mort de ton père, Noémi, j'avais déjà pressenti, à des symptômes trop sûrs, le malheur qui ne tardera pas à nous frapper. Alors toutefois j'espérais encore, et d'ailleurs ton père était là pour veiller sur toi.... Mais aujourd'hui l'espoir serait une illusion, et j'ai dû me résoudre à te faire ce triste aveu. Tu sais maintenant le secret de mes larmes.... Hélas ! ma fille, tes dix-huit ans sont à peine comptés, et voilà que seule et sans ressources il te faudra pourvoir aux besoins d'une mère aveugle !... Quelle vie sera la tienne ! Apprête-toi aux sacrifices ! pauvre chère enfant ; ils ne te seront pas ménagés.... Et pourtant tes vertus, il me semble, te rendaient digne d'un meilleur sort.... »

Pendant que Geneviève parlait ainsi, d'inexprimables sentiments agitaient l'âme de Noémi. Cette âme, jeune et sensible à l'excès, peu expérimentée encore aux angoisses de la vie, avait d'abord ployé sous le poids du découragement, mais bientôt sa générosité native s'était réveillée ; la morne pâleur du visage de la jeune fille avait fait place à une vive rougeur ; ses larmes avaient tari tout à coup. Elle leva les yeux vers le ciel, puis, les reportant ensuite sur sa mère, comme d'une voix inspirée elle s'écria : « Je suis bien faible, il est vrai, mais l'amour donne des forces. Dieu qui nous éprouve nous soutiendra.... Consolez-vous, ma mère!... Votre résignation aidera la mienne! »

Et la pieuse enfant se jeta dans les bras de sa mère, qui la tint longtemps pressée sur son cœur. Elles rentrèrent silencieuses dans la petite maison blanche ; et le soir, avant de s'endormir, elles adressèrent au Ciel, l'une et l'autre, une fervente prière. Geneviève remerciait Dieu de lui avoir donné un ange dans sa fille ; Noémi le suppliait de lui accorder le courage du dévouement.

II

La tempête.

L'automne touchait à sa fin, et néanmoins la journée avait été chaude, quoique privée de soleil. Prévoyant un orage prochain à l'aspect du ciel et de la mer, les pêcheurs étaient restés dans leurs cabanes. Mais, sans nous arrêter à décrire l'agitation fiévreuse des vagues qui préludaient à la tourmente, et les entassements de nuages qui commençaient, sous l'effort d'un vent frais du sud, à se détacher violemment de la masse grise et confuse qui pesait sur l'atmosphère, hâtons-nous d'entrer dans la petite maison blanche que nous connaissons déjà.

Peu de jours après l'aveu fait à sa fille, Geneviève avait cessé de jouir de la douce lumière des cieux. Ses yeux toutefois n'ont pas subi d'altération sensible; fixes et immobiles dans leurs orbites, rougis par les larmes, comme les yeux d'émail d'une statue, ils ont encore de l'éclat, mais plus de regard. Tandis que Noémi file en silence auprès d'elle, la mère infortunée, assise sur l'unique chaise de paille qui se trouve dans l'humble demeure, les mains croisées sur sa poitrine, la tête doucement inclinée, semble plongée depuis longtemps déjà dans l'extase de la prière. On voit ses lèvres s'agiter pour prononcer des syllabes sacrées que les anges recueillent sans doute pour les porter à Dieu.

« Noémi, dit-elle sortant enfin de sa longue méditation, que se passe-t-il au dehors? Je respire avec peine; serions-nous à l'orage? »

La jeune fille se pencha vers la fenêtre entr'ouverte d'où l'on voyait la mer.

« Oui, ma mère, répondit-elle ; le ciel est menaçant, et la mer ne l'est pas moins.... Hélas ! on voit dans le lointain une voile blanche qui fuit avec rapidité.... Puisse la sainte madone de la *Garde* la guider dans sa course et la conduire bien vite en lieu sûr ! car le tonnerre va bientôt gronder. Voilà le premier éclair, ajouta-t-elle en se signant et en poussant précipitamment le châssis qui fermait la croisée.

— Sainte Marie, protégez les navigateurs ! » dirent ensemble les deux femmes.

Au même instant, un violent coup de tonnerre signala le début de cette lutte effroyable des éléments qu'on appelle une tempête. En quelques secondes l'obscurité fut partout ; des sifflements horribles venaient de la mer, l'orage s'annonçait avec les caractères les plus alarmants.

Noémi brûla dans le foyer quelques branches bénites d'olivier ; puis les deux femmes, agenouillées aux pieds d'une statuette en plâtre de la madone, à laquelle durant la journée la jeune fille avait offert les dernières fleurs écloses dans son jardin, récitèrent un long rosaire pour les malheurex surpris en mer par cette affreuse bourrasque.

Pendant qu'elles priaient ainsi, leurs voix étaient souvent couvertes par le roulement terrible du tonnerre, les sifflements aigus du vent, et le bruit sourd des lames qui s'entre-choquaient et venaient se briser avec fracas, à quelques pas de la cabane, contre les rochers de la falaise.

« Quelle nuit, juste Ciel, » fit Geneviève en se rasseyant.

Noëmi, effrayée, se pressa contre sa mère.

« O ma mère, dit-elle, quel ne serait pas votre effroi si vous voyiez ces éclairs qui sans interruption embrasent le ciel !

— Ne tremble pas ainsi, ma fille, répondit doucement Geneviève ; ne sommes-nous pas sous la main de Dieu.

— Il est vrai, ajouta la jeune fille ;... et sur la terre ferme.... Oh ! je ne puis m'empêcher de frémir en songeant à ce navire que j'ai aperçu tout à l'heure.... Il courait bien vite sur les flots ; mais l'ouragan a été si rapide !... O mon Dieu !... »

L'horloge de la cabane venait de tinter minuit. Noëmi et sa mère ne pouvaient songer à se livrer au sommeil ; l'effroi qu'elles éprouvaient l'aurait retenu loin de leurs paupières, si le bruit strident de la bourrasque, dont la violence allait toujours croissant, ne l'eût rendu impossible. Après de longues alternatives de prières et de silence, la lampe suspendue à la cheminée s'était éteinte et avait laissé la cabane dans une obscurité profonde qui n'était sensible, hélas ! que pour la jeune fille.

Un moment le calme parut se rétablir dans les airs

et sur les flots, et dans cet intervalle un cri plaintif se fit entendre. Les deux femmes tressaillirent : la voix était faible ; mais son appel paraissait venir de l'extrémité de l'anse, à trente pas au plus de la cabane.

« C'est quelque naufragé !... » fit la jeune fille qui avait senti renaître tout son courage à la pensée qu'il y avait près d'elle un malheureux à secourir.

Elle rallume sa lampe, et, s'enveloppant d'une mante de serge, sans réfléchir aux dangers de l'entreprise qu'elle a soudainement conçue par cet instinct de charité qui fait le fond de son caractère, et sans que sa mère, mue par une même pensée, songe à l'arrêter, elle s'apprête à sortir pour voler vers le lieu d'où les cris sont partis. Mais lorsqu'elle met le pied sur la porte, une rafale de vent la repousse violemment dans l'intérieur.

« Que faire, se dit-elle en poussant un soupir ; que faire? laisser mourir un naufragé sans secours ?... Mon Dieu, donnez-moi la force de braver l'orage !... »

Et munie d'un falot de pêcheurs, la pauvre enfant, n'écoutant que la voix de son cœur, s'élance au milieu de cette nuit affreuse, de ces horribles tourbillons de vent et de pluie qui auraient fait reculer d'effroi bien des hommes robustes. Elle suit le chemin qui mène à l'extrémité de l'anse, et avance avec peine, car le vent souffle de la mer. La lueur tremblante de sa lanterne guide imparfaitement ses pas. A chaque instant elle s'arrête et retient son haleine pour écouter. Nul cri humain ne se mêle au bruit sauvage des lames.

« Nous serions-nous trompées ? se demandait la jeune fille. Non, c'était bien une voix qui appelait au secours.... Hélas ! peut-être arriverai-je trop tard ! »

Et comme elle reprenait sa marche en se hâtant, son pied heurta contre un objet gisant sur le chemin.

« Un berceau ! un enfant ! il respire encore !... O mon Dieu ! vous m'avez appelée au salut d'un innocent ! »

Et, se penchant sur la couchette, elle aperçut, étendu sur le sol, un vieux matelot dont la main crispée tenait encore le berceau, et dont les vêtements déchirés, la figure et les bras contusionnés, attestaient qu'il avait soutenu, sans doute, pour sauver l'enfant, une lutte désespérée avec les vagues. Hélas ! la pâleur de la mort était empreinte sur ses traits.

« C'est un cadavre, dit la jeune fille en frémissant... Infortuné ! il est mort.... mais en secourant l'innocence.... Cet enfant doit la vie à sa charité.... La charité mène au ciel... Dieu lui aura fait miséricorde... Les anges auront emporté son âme dans le paradis !... »

Des larmes de compassion coulèrent des yeux de la jeune fille. Ses forces ne lui permettaient pas de traîner jusqu'à sa demeure le corps du matelot ; et d'ailleurs il fallait se hâter de secourir l'enfant qui lui-même paraissait avoir souffert beaucoup. Noémi revint donc à la maison blanche, chargée de son précieux fardeau, et l'aveugle s'unit à elle pour déplorer le sort du charitable matelot et prier pour son âme ; et toutes deux bénirent la Providence d'avoir sauvé par leur moyen un petit ange en inspirant à Noémi la force de braver l'orage.

III

L'orphelin de la mer.

Quel était cet enfant que la Providence venait de confier aux soins de Noémi d'une manière si étrange et si inopinée ?

Il avait échappé au naufrage, grâce au dévouement de l'infortuné marin ; mais les renseignements s'arrêtaient là. Au reste, cette question ne se présentait même pas pour le moment à l'esprit de la jeune fille. Outre le délaissement de ce petit ange, les circonstances qui avaient accompagné son entrée dans la cabane intéressaient trop vivement la charité de la fille de l'aveugle pour qu'elle pût penser à autre chose qu'à lui prodiguer ses soins. L'enfant qui paraissait avoir un an à peine, la voyant penchée sur sa couchettte, tendit vers elle ses petits bras; de sa poitrine affaiblie sortit un frêle vagissement doux comme une prière, et ses yeux lui jetèrent un regard suppliant qui semblait lui dire : « Ai-je retrouvé ma mère ? » Noémi jeta quelques branches sèches au feu, prit l'enfant sur son cœur, le dépouilla de ses langes humides de l'eau de la mer, l'enveloppa du mieux qu'elle put, et lui fit boire quelques gouttes d'un lait tiède. Ces tendres soins lui valurent un doux sourire de la part de l'innocent dont les mains réchauffées s'agitaient avec bonheur et jouaient déjà avec les noirs bandeaux de cheveux qui couronnaient la figure si bonne de sa nouvelle mère.

« Pauvre petit, dit Noémi, il me traite déjà en vieille connaissance.... Il a raison, ajouta-t-elle en le baisant au front, je suis toute disposée à lui servir de mère en attendant qu'il ait retrouvé la sienne. »

En donnant l'enfant à tenir à Geneviève, qui lui souriait sans le voir, elle prépara la couchette dans laquelle il ne tarda pas à s'endormir de ce sommeil de l'enfance, dont le malheur même ne peut altérer la sereine tranquillité.

L'orage avait cessé avant l'aurore, et dès l'aube matinale les habitants du hameau s'étaient portés en foule sur le rivage pour voir les effets de la tempête de la veille. Hélas ! vers le point où avait dû aborder le matelot, sauveur de l'enfant, outre des planches brisées, tristes épaves apportées par les vagues, ils découvrirent, à moitié ensevelis dans le sable, trois cadavres, dont l'un était celui d'une femme. Quelques villageoises qui, en passant devant la maison blanche, avaient appris de Noëmi et de sa mère leurs aventures de la nuit, virent dans cette dernière la mère de l'enfant si merveilleusement sauvé. Telle fut la conclusion générale que les mères exprimaient en versant une larme et en s'écriant : « Pauvre enfant! pauvre mère! » et à laquelle se rangèrent Geneviève et sa fille.

Dès ce moment, la petite créature, ainsi déposée entre leurs mains par la Providence, ne fut pour elles que l'*orphelin de la mer*.

A cette occasion, bien des conseils, sages en apparence, mais égoïstes au fond, furent donnés à l'aveugle et à sa fille.

« Qu'allez-vous faire de cet enfant? disait-on à Noëmi.

— Lui servir de mère, répondait la charitable jeune fille.

— Vous!... Mais n'avez-vous pas assez de votre pauvre mère aveugle à soigner et à nourrir? Y songez-vous?... Garder un enfant si jeune et qui paraît si délicat et si chétif?... Les ressources de votre travail ne pourront pas vous suffire...

— Dieu me viendra en aide!... Non, je ne te repousserai pas, petit ange du bon Dieu! ajoutait Noëmi en imprimant ses lèvres sur le front de l'enfant qui, sans comprendre cette parole de dévouement, y répondait par un sourire... Tenez, reprenait-elle, auriez-vous le courage d'abandonner cette charmante créature?... Il me connaît déjà, pauvre cher petit!...

— Et qui vous parle de l'abandonner, enfant? répliqua la voix aigre d'une des villageoises qui, placée à côté de Noémi, par la rudesse de ses traits et l'expression abrupte, quoique franche et bonne de sa physionomie, faisait avec la fille de Geneviève un contraste saisissant. Qui vous parle de l'abandonner? Il y a un hôpital à Toulon, et certes, on ne refuserait pas d'y recevoir votre marmot. Si pareil cadeau m'eût été fait, je n'aurais pas hésité une minute; j'aurais sacrifié une journée de travail pour porter cet innocent à l'hospice, et après cela, il me semble; je n'aurais eu de reproches à recevoir de personne...

— Lui à l'hôpital! avait répondu Noémi que ce mot avait fait tressaillir... Non, jamais! tant que je vivrai, du moins... Dieu, qui me l'a envoyé, veut que je lui serve de mère... Faire du bien à une créature du bon Dieu, recueillir dans sa demeure et aimer un petit ange, n'est-ce pas assez beau pour s'imposer quelques sacrifices et prolonger un peu sa veillée du soir? »

A ces nobles paroles, les conseillères, étonnées, ne surent que répondre; elles se retirèrent en branlant la tête et en haussant les épaules; et, jugeant avec leurs étroites idées le sublime dévouement de la jeune fille, elles répétaient en s'éloignant : « Folle enfant ! »

Un moment, Geneviève, dans l'intérêt de sa fille, avait été sur le point d'accueillir les conseils des villageoises et d'apporter à leur raisonnement l'appui de sa voix; mais, à la manière énergique dont Noémi les avait repoussés avec cette logique du cœur que tous ne comprennent pas, mais dont la pauvre aveugle avait le secret, elle ne put qu'applaudir à la généreuse résolution de sa fille.

« Pauvre petit orphelin, dit-elle, puisque la mer a dévoré sa famille, qu'il partage notre toit et qu'il reçoive tes soins! Celui qui récompense la main qui donne au pauvre un verre d'eau, nous renverra en bénédictions et en grâces ce que nous accorderons en amour et en sollicitudes à cet ange... Dieu soit béni, ma fille, de nous procurer l'occasion d'exercer, malgré notre pauvreté et notre dénuement, la sainte charité !...

— Merci pour vos bonnes paroles ! répondit Noémi... Cher ange, je serai ta mère ! Oui, je t'aimerai bien !... Je t'aime bien déjà... et toi aussi, un jour tu m'aimeras, et le bon Dieu nous aimera tous; car je t'apprendrai à le prier quand ta petite langue se déliera, quand la pensée commencera à éclore dans ton petit cœur... »

Tels étaient les sentiments de Noémi et de sa mère,

sentiments que la prudence humaine avait pu blâmer avec quelque apparence de raison, mais auxquels Dieu et les anges applaudissaient.

L'enfant ainsi admis au foyer de la cabane dut recevoir un nom de sa mère adoptive. Elle l'appela Séverin; c'était le nom du saint dont l'Eglise célébrait la fête le 24 novembre, jour où il avait été sauvé du naufrage.

Il serait superflu de dire les soins dont il fut l'objet. La charité qui l'avait fait accueillir avec un si pieux empressement veilla sur son berceau, et jamais mère n'eut de plus douces caresses et de plus tendre sollicitude pour son nourrisson que Noémi et l'aveugle pour l'*orphelin de la mer*.

La jeune fille, à force d'instances, avait obtenu de la femme d'un pêcheur, dont l'enfant était mort sur ces entrefaites, que deux ou trois fois le jour elle allaiterait le petit Séverin. Celui-ci, d'abord pâle et défait, sans doute par suite des souffrances qu'il avait éprouvées la nuit du naufrage, ne tarda pas, grâce à la tendresse de sa nouvelle mère, à devenir le plus bel enfant du hameau. Déjà des boucles de cheveux blonds paraient son front, et ses yeux bleus, ses joues roses et surtout le gracieux sourire de ses lèvres faisaient les délices de Noémi.

IV

Angoisses et dévouement.

L'hiver touchait à sa fin. Il avait été plus rigoureux que de coutume sur les bords de la Méditerranée. Les oliviers des collines avaient vu durant de longs jours leur feuillage blême blanchi par le givre, et un bon nombre d'entre eux avaient péri. C'est assez dire que la saison avait été calamiteuse pour les pêcheurs. Longtemps retenus dans leurs cabanes par le mauvais temps, et privés ainsi de ressources qui entretenaient un peu de bien-être au sein de leur famille, ils avaient plus d'une fois murmuré contre la Providence qui leur ménageait cette épreuve. Sous le toit de la maison blanche, les souffrances avaient été plus grandes que partout ailleurs, et cependant du cœur de Noémi et de sa mère ne s'était élevée aucune plainte.

Seul de tous les hôtes de la cabane, depuis que nous ne les avons point revus, le petit Séverin avait prospéré.

La pauvre aveugle, dès les premiers jours froids, avait été atteinte d'une maladie cruelle qui, selon toutes les probabilités, devait la retenir longtemps encore clouée sur sa couche. Noémi, à bout de ressources, épuisée par le travail et par les soins qu'elle partageait entre sa mère et son fils adoptif, avait perdu cette fraîcheur d'une santé florissante que nous lui avons vue au début de ce récit. Les vives couleurs, qui naguère décoraient ses joues, avaient fait place à une pâleur mate qui n'aurait point nui à la grâce et à l'harmonie de ses traits, si ceux-ci n'avaient pas été amaigris par les chagrins et un trop pénible labeur. Les yeux noirs de la jeune fille n'avaient plus leur éclat d'autrefois; ils étaient entourés de ce cercle bleuâtre que tracent les veilles prolongées et les angoisses douloureuses. Mais son cœur était toujours le même, pur comme l'or au sortir de la fournaise, tout embrasé des flammes de la piété filiale et de la charité.

La jeune infortunée, hélas! avait compté de bien mauvaises heures. Outre les souffrances de sa mère, qu'il lui était si pénible de ne pouvoir soulager, le manque de travail et par conséquent de salaire avait plus d'une fois jeté son âme dans une profonde affliction. Un jour, elle s'était vue réduite à son dernier morceau de pain et à sa dernière pièce de monnaie.... Il fallait quelques médicaments pour la malade. Le docteur qui la visitait les avait prescrits. Noémi, sans hésiter, détacha ses boucles d'oreilles, sa modeste chaîne et sa croix d'or, objets si chers aux filles de la Provence, et les jeta dans la balance de l'orfèvre, qui, en échange, lui donna de quoi procurer à sa mère les remèdes nécessaires, et à elle-même ce qui devait soutenir sa vie. Au prix de ce sacrifice, les souffrances de la cabane furent allégées pour quelques jours. Le rouet ne resta pas oisif; mais ce travail faiblement rétribué n'apportait qu'un faible appoint aux dépenses du pauvre ménage, d'autant mieux que la jeune fille en était souvent distraite par les soins à donner à sa mère, et parfois aussi par les fatigues que lui causaient les longues veilles et les préoccupations de sa piété filiale.

Le petit pécule réalisé par la vente des bijoux et des autres objets non indispensables au ménage allait être épuisé. Noëmi voyait avec effroi s'approcher l'heure où de nouveau elle serait réduite à son dernier morceau de pain et à sa dernière pièce de monnaie. A cette pensée, des larmes brûlantes coulaient de ses paupières, et levant au ciel ses yeux humides, elle disait tout bas, pour n'être point entendue de sa mère :

« Mon Dieu ! qu'allons-nous devenir ? »

Les angoisses de la pauvre fille croissaient de jour en jour. On était au dimanche des Rameaux, à cette fête de *Pâques fleuries* si chères aux campagnes. Ce jour-là, un vrai soleil de printemps, splendide et chaud, illuminait un ciel dont la sérénité n'était altérée par la présence d'aucun nuage; la mer était bleue et calme; une brise tiède répandit dans l'atmosphère les suaves parfums des premières fleurs printanières; l'air était imprégné d'une senteur balsamique qui dilatait les poumons et semblait activer la vie; la journée était radieuse dans toute l'acception du mot. Noémi, se rendant à l'église, n'y prit point garde. Agenouillée sur les dalles, les yeux mouillés de larmes, le cœur serré, elle pria de toute la ferveur de son âme. Les saints offices terminés, un peu soulagée par l'action vivifiante de la prière, mais bien triste encore, elle reprenait le chemin de la maison blanche. Le hasard, ou plutôt la Providence, qui lui ménageait une nouvelle épreuve, lui fit rencontrer sur ses pas cette même villageoise qui naguère avait traité de folie sa charité envers l'*orphelin de la mer*.

« Pauvre enfant, dit cette femme de la voix rude que nous lui connaissons, mais avec un accent de pitié qui montrait qu'elle n'était point incapable de sensibilité, comme vous voilà changée! Qui reconnaîtrait en vous, à l'heure qu'il est, la plus belle et la plus vigoureuse fille qu'on eût jamais vue dans le village! Voilà où mènent les souffrances et le chagrin...

— Oui, répondit la jeune fille en versant une larme, Dieu nous éprouve....

— Je vous plains de toute mon âme, ajouta son

interlocutrice, car vous êtes une bonne fille, et je voudrais bien que la mienne vous ressemblât.... Mais tenez, comme disent quelquefois nos marins, qui veut éviter la bourrasque ne doit pas la chercher... Je vous l'ai dit un jour : n'était-ce pas assez d'avoir à soigner et à nourrir votre mère aveugle, sans vous charger de ce *marmot* qui vous est arrivé par hasard à la suite d'un naufrage?... Je n'ai jamais pu digérer cela.

— Hélas! fit Noémi en rougissant, il faudra bien peut-être que je me sépare de lui!...

— Le plus tôt sera le meilleur, croyez-moi, répliqua la villageoise. Je vous veux du bien, et je suis toute disposée à vous rendre service. Demain, je dois aller à la ville; j'y porterai volontiers votre *poupon*. Il faudra bien que l'hôpital s'ouvre pour lui et vous en débarrasse, quand je devrais remuer ciel et terre. Voulez-vous?

— Je vous remercie, répondit la jeune fille; je vous rendrai réponse ce soir.

— Soit, et j'espère que vous m'apporterez le *marmot*. »

Noémi continua son chemin, l'âme profondément bouleversée, le cœur en proie à la plus grande perplexité. « A quoi me résoudre? se disait-elle. Garder l'enfant? Mais mes ressources s'épuisent; huit jours encore, et je serai réduite à tendre la main pour ma mère et pour moi!... » Une tentation terrible assaillit l'infortunée. Son cœur battait plus vite que de coutume, ses tempes brûlantes s'agitaient comme sous les palpitations de la fièvre. C'était le démon de l'orgueil qui donnait l'assaut à son âme. « Mendier! se dit-elle, il me faudra mendier!... » Et rougissant de honte, elle allait peut-être laisser échapper un murmure contre la Providence.... Mais à ce moment elle entrait dans la cabane, et, à la tête du lit de Geneviève, elle apercevait l'image du Dieu crucifié.... Cette vue releva son âme de sa faiblesse, et lui donna la force de vaincre assez sa douleur pour parler à sa mère avec une apparente gaieté.

La journée toutefois se passa pleine de tristesse et d'angoisses. La décision qu'elle devait prendre à l'égard de l'orphelin jetait la jeune fille dans un trouble inexprimable. Le garder, c'était l'exposer sous peu de jours à manquer de tout avec elle. Se séparer de lui, n'était-ce pas méconnaître la mission confiée par la Providence? Cette séparation allait briser son cœur, devenu vraiment pour Séverin un cœur de mère. Et puis ne serait-ce pas révéler à Geneviève, avant l'heure, le secret de leur infortune, secret qui, vu l'état de la malade, pouvait lui être fatal? Noëmi promena autour d'elle ses regards. N'y avait-il rien dans sa demeure dont elle pût se passer? Hélas! la cabane était si pauvre, son mobilier était si restreint, que la généreuse enfant dut se répondre: « Rien! que faire donc? »

Après bien des perplexités cruelles, la charité et la confiance en Dieu l'emportèrent. Noémi alla remercier l'officieuse villageoise, qui eut pour ce qu'elle appelait le fol entêtement de la jeune fille de sévères et injustes reproches. A son retour, elle baisa trois fois et plus tendrement que jamais le petit ange endormi, et s'apprêta avec courage à voir venir des jours encore plus mauvais.

V

Le rayon d'or après l'orage.

Huit jours s'étaient écoulés pour Noémi dans l'anxiété la plus affreuse. L'aurore de Pâques venait de luire tout étincelante. Le beau ciel de la Provence était en fête, comme la terre, pour célébrer la résurrection du Sauveur. Les barques amarrées dans l'anse avaient revêtu leurs plus riches banderolles; la population du hameau en habits de fête, le front et le cœur joyeux, encombrait la nef de la modeste église, qui elle aussi se distinguait par ses gracieux décors et par un luxe inouï de flambeaux. La fille de l'aveugle s'y était rendue de son côté. Hélas! la pauvre enfant, par sa tristesse profonde, faisait un frappant contraste avec la joie universelle. Désormais elle était à bout de ressources; la veille, pour se procurer quelques gouttes de lait pour sa mère et pour son fils adoptif, elle avait donné son dernier sou. Aussi, si vous l'eussiez vue agenouillée au pied de l'autel de Marie, les mains jointes, la tête penchée, les yeux inondés de larmes, vous l'eussiez prise pour l'image vivante de la douleur chrétienne qui n'a plus d'espérance qu'en Dieu. Hâtons-nous de le dire cependant, quelque grand que soit son dénuement, la fille de l'aveugle n'est point abattue. Plus d'une fois, sans doute, le spectre hideux du désespoir a essayé de lutter avec l'humble enfant; mais, grâce à sa foi courageuse sans cesse retrempée dans la prière, elle a continué d'espérer même contre toute espérance.

L'office terminé, Noémi venait de rentrer dans la cabane. Assise au chevet de la malade, le petit Séverin jouant sur ses genoux, elle s'apprêtait enfin à révéler à Geneviève le secret de leur commune misère. Tout à coup la porte s'ouvre avec précipitation, et deux femmes pénètrent dans l'humble réduit. L'une, dont les vêtements, la physionomie, les allures, révèlent une personne de distinction, paraît avoir souffert beaucoup; elle est jeune encore, mais ses traits amaigris ont la pâleur de l'albâtre. Elle s'appuie sur le bras d'une jeune fille dont le costume se rapproche de celui de Noémi. A peine les visiteuses avaient-elles franchi le seuil que la jeune femme bondit vers Noémi, arrache l'enfant de ses bras, le couvre de baisers et de larmes. Noémi, interdite, stupéfaite de cette brusque apparition, reste un moment silencieuse. Enfin revenant à elle, « Seriez-vous sa mère? dit-elle à l'étrangère.

— Oui! oui! je suis... »

Et elle ne put achever : sa voix expira sur ses lèvres. Elle tendit l'enfant à Noémi et tomba elle-même évanouie dans les bras de sa femme de chambre. Son bonheur avait dépassé ses forces.

Quand elle rouvrit les yeux à la lumière, toujours muette par l'excès de sa joie, elle embrassait tour à tour avec des rires et des larmes l'enfant et sa mère adoptive. Remise enfin de son émotion, elle trouva la force de parler.

« Vous avez sauvé mon enfant, dit-elle à la jeune fille, vous m'avez sauvé la vie!... »

Elle fit une pause de quelques secondes pendant laquelle elle dévorait de baisers le front de l'enfant.

« Que puis-je faire pour vous? ajouta-t-elle. Grâce à Dieu, je suis riche... Demandez-moi la moitié de ma fortune; c'est trop peu pour reconnaître le bienfait dont je vous suis redevable! »

En disant ces mots, elle pressait dans ses mains tremblantes la main de Noémi.

« J'ai bien fait d'espérer en la Providence, dit celle-ci; *c'est le rayon d'or après l'orage!...* »

Et avec la naïveté qui la caractérisait, elle fit part à l'étrangère du dénuement où elle se trouvait. Geneviève, en l'entendant parler, ne put retenir ses larmes.

« Pauvre enfant! dit-elle, elle me l'avait caché jusqu'ici ; mais, hélas! je le pressentais!... »

La dame étrangère mêlait aussi ses larmes à celles de la jeune fille et de l'aveugle.

« Noble enfant, dit-elle quand Noémi eut terminé son récit, je ne pourrai jamais m'acquitter de la dette que j'ai contractée envers vous ; mais dès aujourd'hui vous et votre mère vous serez à l'abri du besoin. Oui, vous avez bien fait de compter sur la Providence ; une vertu comme la vôtre peut être éprouvée, mais tôt ou tard elle reçoit sa récompense! »

Noémi rougit et ne put répondre. Puis la jeune femme lui raconta comment son fils lui avait été ravi et comment elle avait découvert son asile.

Revenant d'Italie où elle avait perdu son mari, dont la santé défaillante était allée en vain demander des forces au chaud soleil de Naples et aux eaux thermales d'Ischia, le vaisseau qui la portait, assailli par la tempête dont nous avons parlé, avait échoué sur des récifs non loin du port de Toulon. Eperdue alors, ne songeant qu'au salut de son enfant, elle avait tendu son berceau à un vieux marin descendu dans une chaloupe destinée à recueillir une partie des naufragés. Mais au même instant, une forte lame avait rompu le câble qui retenait la nacelle, et on crut la voir, à la lueur d'un éclair, s'abîmer sous les flots. Pour elle, folle de désespoir, elle ne pouvait dire comment elle avait été sauvée. Amenée à Toulon, et atteinte, à la suite des émotions de cette triste journée, d'une double maladie physique et morale dont elle relevait à peine, elle avait été incapable de s'occuper du sort de son enfant. Elle avait appris, à son retour à la santé, que la nourrice du petit et quelques matelots du navire, entre autres celui à qui elle avait confié le berceau, n'avaient pas été retrouvés parmi les personnes sauvées. Par suite, elle avait perdu toute espérance, quand la veille même de ce jour, sa femme de chambre lui avait raconté ce qui s'était passé au village, la nuit de la tempête, sur la foi de quelques marchandes de poissons, qui le tenaient elle-mêmes des femmes des pêcheurs.

« Pour moi, comme pour vous, ajouta-t-elle, c'est donc *le rayon d'or après l'orage !* »

Et toutes deux bénirent de concert la Providence, qui, après les avoir soumises à de si rudes épreuves, leur souriait tout à coup et réalisait des vœux qu'elles n'auraient point osé former.

VI

La fin d'un ange.

Nous eussions pu terminer là notre récit ; mais nos lecteurs s'intéressent trop sans doute à la pieuse et charitable fille de l'aveugle pour ne pas désirer connaître la suite de son histoire. En la quittant pour aller rejoindre dans le nord de la France une famille qui l'attendait dans les larmes, la mère de l'*orphelin de la mer* avait mis pour de longs jours l'aisance au sein de la cabane. Noémi, à l'heure de la séparation, avait baigné de ses pleurs le visage de l'enfant et s'était promis de le revoir un jour.

Deux ans plus tard, elle accomplissait cette promesse. Geneviève, lentement minée par la maladie, avait fini par s'éteindre, malgré les soins dévoués de sa fille. Après avoir planté sur la tombe maternelle une modeste croix de bois, et l'avoir arrosée de ses larmes et bénie de ses prières, Noémi était venue donner un dernier baiser à son fils adoptif. Puis la jeune fille, à qui Dieu n'avait pas confié un si beau trésor de dévouement et de charité pour le laisser oisif, alla s'enrôler, à Paris, parmi les héroïques filles de Vincent de Paul. Pendant quelques années, elle pratiqua la charité dans la grande ville avec l'abnégation d'une sainte et la douceur d'un ange; et victime enfin de son zèle durant une épidémie, jeune encore, elle fit une mort telle que pouvait la promettre sa vie. Elle passa de la terre au ciel. Ainsi finit cet ange de piété filiale, de résignation et de charité.

UNE MÈRE

I

L'assemblée des Delawares.

Une tribu de la grande famille des Delawares était campée depuis plusieurs jours sur les rives de l'Ohio. Les wigwams des sauvages s'adossaient à une enceinte d'arbres gigantesques, aux rameaux desquels s'enlaçaient d'innombrables lianes qui retombaient vers le sol comme un immense réseau de verdure et de fleurs. Les eaux du fleuve, grâce à une profonde échancrure de terrain, formaient en cet endroit une anse étroite mais sûre pour les pirogues des Indiens ; car les arbres de la rive, penchant leurs rameaux touffus jusqu'à la surface plane et tranquille de la grande rivière, dérobaient aux regards de ceux qui descendaient ou remontaient son cours, la vue de l'anse et des frêles embarcations qu'elle contenait.

C'était par une belle matinée de printemps. Le soleil venait de se lever radieux sur les forêts vierges qui étincelaient de tout l'éclat d'une nature primitive. Une brise légère, glissant entre les branches et les lianes, secouait dans l'atmosphère une poussière brillante, échappée au calice des fleurs, et répandait partout des parfums délicieux. Les coloquintes, les bignolias ouvraient leurs fleurs perlées par la rosée de la nuit; et le magnolia, ce roi de la forêt, déployait au milieu de ses feuilles luisantes sa large rose d'un jaune pâle dont les pétales épais exhalent une odeur enivrante. Aux mille bruits de la forêt se mêlait le mugissement sourd et profond du fleuve qui roulait majestueusement ses ondes.

Assis à la porte de leurs wigwams, les guerriers laissaient retomber tristement leur tête sur leur poitrine; leurs tomawaks reposaient à leurs côtés; les peintures de leurs visages indiquaient le deuil et la détresse. Quinze fois, en effet, le soleil avait doré la crête des bouleaux qui se dressent sur les bords du fleuve depuis que les Delawares étaient arrivés sur leur territoire de chasse, et vainement les guerriers les plus habiles de la nation avaient battu les forêts : ni daims ni buffles n'étaient tombés sous leurs coups. Le chef lui-même, qu'on appelait en vain *le Chasseur heureux*, avait vu le plomb mortel de sa carabine, qui naguère ne manquait jamais son coup, s'enfoncer dans le tronc moussu des arbres, et épargner l'animal timide qui disparaissait comme l'éclair.

« Le Manitou est en colère, disaient les vieillards, ou bien un ennemi a jeté un maléfice sur les Delawares. »

La disette s'était accrue de jour en jour. Insouciante et ne songeant jamais au lendemain, la tribu sauvage ne fait pas de provisions, et quand la chasse ne réussit pas, il ne lui reste plus que la ressource, insuffisante à certaines époques de l'année, des fruits que lui fournissent les arbres de ses forêts.

Au moment où commence notre récit, l'abattement était à son comble dans la tribu. Le grand chef avait convoqué pour la seconde heure du jour le conseil de la nation. Bientôt les guerriers assis devant les cabanes se levèrent et se dirigèrent vers la tente du Chasseur heureux. Celui-ci, triste et morne, ne tarda pas à paraître à la porte de son wigwam, et les guerriers, sur un signe de sa main, se rangèrent en cercle autour d'un foyer dont un enfant attisait la flamme. Les hommes s'assirent sur le sol : le chef alluma le calumet de la prière, en tira quelques bouffées pour saluer le soleil levant, et le fit passer à ses compagnons qui l'imitèrent ; puis il prit la parole en ces termes :

« Les enfants des Delawares ne sont-ils plus les enfants du Manitou ? il a détourné d'eux ses regards, et désormais leur plomb est comme la plume de l'oiseau-mouche, leur tomawak comme le brin d'herbe desséché, et les daims timides se rient de leurs coups. Le Grand-Esprit n'habite-t-il plus les forêts, ou bien les Delawares ont-ils allumé son courroux en laissant s'éteindre les calumets de la prière. Qui d'entre nous est le coupable ? »

A cet appel sinistre qui renouvelait toutes ses terreurs, l'assemblée demeura un moment silencieuse, puis un léger murmure parcourut les rangs. Un des vieillards les plus vénérés de la tribu venait de se lever. Il ne parlait que dans les circonstances importantes, et, à cause de sa sagesse, on l'avait surnommé *la Lumière du conseil.*

« Le Chasseur heureux, dit-il, doit se taire ; ce n'est point à lui d'élever la voix dans le conseil des Delawares.... La sagesse est le fruit de longues années.... Quand de nombreux hivers auront blanchi sa tête, alors il parlera.... Delawares, le Manitou est irrité contre vous, et le grand chef est le coupable ; il cache dans son wigwam une ennemie du Grand-Esprit.... *Fleur de rosée*, sa femme, a écouté les paroles des *Robes noires*, et soir et matin elle renouvelle les maléfices qui font fuir les daims devant les balles de nos jeunes hommes.... J'ai dit. »

L'assemblée entière, qui n'ignorait pas que Fleur de rosée était chrétienne, applaudit à ce discours par un cri de mort. Le visage du chef pâlit.

« Que Fleur de rosée renonce à la prière des Robes noires et qu'elle revienne au Manitou des *peaux rouges*... ou qu'elle meure !... répéta un des sauvages.

— Oui ! oui ! exclama la foule tout d'une voix.

— Qu'il en soit ainsi, » murmura le Chasseur heureux, à qui la crainte du ressentiment de sa tribu fit oublier l'amour qu'il avait pour son épouse. Et en même temps il manda Fleur de rosée devant le conseil de la nation.

Bientôt la jeune femme parut, souriante et gracieuse comme le nom qu'elle portait, et portant dans ses bras son premier-né, jouant avec les coquillages qui ornaient le cou de sa mère.

« Que veut à Fleur de rosée le chef puissant des Delawares ? dit-elle d'une voix douce comme le bruissement des feuilles sous la brise. Que lui veut le Chasseur heureux, son maître et son ami ?

— Femme, répondit le chef, vivement ému, tu as été dans mon wigwam comme le serpent venimeux !

Ton crime a irrité le Manitou contre ses enfants ; apaise-le ou meurs !...

— Fleur de rosée a-t-elle offensé son maître? » s'écria la jeune femme. Et, en jetant un regard autour d'elle, elle vit les tomawaks briller aux mains des guerriers et tressaillit....

« La femme rouge a suivi les prières des *visages pâles*, reprit le Chasseur heureux, et les Delawares ont senti la faim sur leurs territoires de chasse. Fleur de rosée doit adorer le Manitou de nos pères, ou mourir!

— Mourir! mourir! s'écria Fleur de rosée en tombant à genoux. La Robe noire me l'a dit : le paradis vaut mieux que les territoires de chasse. Si Fleur de rosée meurt pour la prière, elle ira en paradis.... Je veux mourir!...

— Non, Fleur de rosée ne mourra pas, répliqua le chef. Elle obéira à son maître et fumera le calumet de la prière en l'honneur du Manitou. Fleur de rosée sera toujours la femme du Chasseur heureux.

— Je mourrai!... » dit la voix tremblante de Fleur de rosée.

Le chef était furieux. Il connaissait la douceur de sa jeune compagne, et la résistance qu'elle lui opposait dans cette occasion lui était d'autant plus sensible qu'il ne l'avait jamais éprouvée. Son orgueil était froissé.

« Les Delawares l'ont entendu, s'écria-t-il, le

Chasseur heureux n'a qu'une parole, Fleur de rosée mourra !

— Je mourrai, » répéta la voix affaiblie de la jeune femme, tandis que la foule applaudissait aux cruelles paroles du chef.

Déjà les jeunes guerriers s'étaient levés, et, l'œil étincelant, ils essayaient leurs tomawaks contre le tronc d'un pin qui se dressait près de la tente du Chasseur heureux, quand la même voix qui avait excité cet orage s'éleva de nouveau.

« Je l'avais dit, s'écria le vieillard : le Chasseur heureux doit se taire. Ses paroles sont légères comme les flocons de neige qu'emporte le vent. Fleur de rosée ne mourra point. Depuis quand les Delawares ont-ils soif du sang d'une femme ? Fleur de rosée sortira du wigwam du chef, et deux guerriers la conduiront hors des territoires de chasse avant que le soleil se soit caché dans les grandes eaux de l'Océan. »

La sauvage assemblée dut se taire devant cette parole vénérée. Le chef lui-même dut souscrire à cet arrêt, et deux guerriers furent désignés pour l'exécuter à l'instant. On voulut arracher des bras de Fleur de rosée son enfant qu'elle étreignait avec force.

« Laissez-le-moi, s'écria-t-elle d'une voix déchirante. Il est chrétien comme moi ; sa mère lui a enseigné la prière des *Peaux blanches !...* »

Le Chasseur heureux contemplait cette scène avec

l'impassibilité du sauvage ; et bientôt la pauvre mère épuisée lâcha prise, et ses farouches compagnons l'entraînèrent dans les sentiers de la forêt.

II

La prière.

Quand la nuit fut venue, Fleur de rosée, seule et la douleur dans l'âme, se trouvait accroupie au pied d'un arbre. La forêt autour d'elle s'emplissait de bruits sinistres qui tantôt ressemblaient aux gémissements d'un mourant, tantôt au rugissement des bêtes fauves. Mais toutes les facultés de la pauvre mère étaient absorbées par une pensée navrante qui déchirait son cœur et soulevait sa poitrine sous des sanglots incessants : son fils confié à une étrangère ! son fils qu'elle était condamnée à ne plus revoir !

L'infortunée, dans sa détresse, leva les yeux vers le ciel, et semblable à l'ange qui apparut dans le désert à l'esclave bannie du patriarche, la prière vint calmer l'agitation douloureuse de son âme.

Tout à coup elle entend résonner sous les voûtes séculaires de la forêt le tintement d'une clochette; puis un chant s'élève majestueux et sublime au milieu des bois, dont les échos, courant d'arbre en arbre, le répètent mille fois !

« Béni soit le Manitou des blancs ! s'écrie Fleur de rosée en se relevant. C'est la prière ! La Robe noire n'est pas loin ! » Et, avec les précautions ordinaires aux sauvages, elle s'achemina vers le lieu d'où partaient les voix.

La jeune femme ne s'était pas trompée. La Providence l'avait amenée au milieu d'une tribu de sauvages régénérés par le baptême, et qui, en ce moment, priaient avec la Robe noire, en face d'un autel rustique, pour un de leurs frères que la mort avait frappé.

Quand le prêtre eut fait entendre les derniers accents de la prière, Fleur de rosée, qui l'avait reconnu à la lueur de la torche résineuse qui éclairait la pieuse cérémonie, alla se jeter à ses pieds.

« Père, dit sa voix émue, c'est le Grand-Esprit qui m'a amenée vers toi ! Je te connais !... Les sauvages m'appellent Fleur de rosée ; mais le nom que tu me donnas en versant sur mon front l'eau sainte de la prière est le nom le plus beau qu'une femme puisse porter : mon père la Robe noire m'appela Marie !...

— Ma fille n'est-elle pas de la nation des Delawares ? dit le prêtre en la relevant.

— Fleur de rosée était l'épouse du grand chef des Delawares, répliqua la jeune femme, l'épouse bien-aimée du Chasseur heureux ; mais aujourd'hui Fleur de rosée est sans wigwam et sans famille.... On lui a ravi son enfant, et on l'a bannie des territoires de chasse, parce que la Lumière du conseil a élevé la voix contre elle dans l'assemblée de la nation. »

Et l'infortunée raconta au bon missionnaire sa lamentable histoire. A chaque instant, des sanglots interrompaient son récit.

« Mon père la Robe noire, dit-elle en terminant, console ta fille Marie ; dis-lui, je t'en conjure, que le bon Manitou du paradis lui rendra son enfant.... Fleur de rosée pourrait-elle vivre sans *Lèvre souriante?* » C'était le nom que, dans son naïf et poétique langage, elle avait donné à son premier-né.

« Aie confiance, ma fille rouge, répondit le prêtre, le Grand-Esprit éprouve ceux qu'il aime.... Tu as été forte au jour de l'épreuve, il te récompensera !... »

III

La tribu hospitalière.

La fille chrétienne des Delawares fut accueillie comme une sœur dans les wigwams de la tribu convertie. Quelques jours s'écoulèrent pendant lesquels la pauvre exilée versa toutes les larmes de ses yeux. Malgré les consolations de la Robe noire, ses angoisses maternelles allaient toujours croissant. Un soir enfin, ne pouvant maîtriser ses larmes, dès qu'elle pensa que tout dormait sous la hutte de feuillage où on l'avait recueillie, elle se glissa sans bruit hors de l'enceinte du camp, puis s'enfonça dans l'épaisseur de la forêt.

Où allait-elle ainsi, la pauvre mère ? Elle allait, sous l'aile de la Providence, au mépris de tous les périls, pleurer et prier sur le berceau de son fils!... Son amour doublait ses forces, ces mocassins de peau de buffle effleuraient à peine le sol, et la nuit n'avait pas encore parcouru la moitié de sa course qu'elle arrivait sur la rive du fleuve où les Delawares étaient campés.

Retenant son haleine, elle rasa comme une ombre la longue file de tentes, et s'introduisit sans éveiller le moindre soupçon dans le wigwam du Chasseur heureux.

Le berceau de Lèvre souriante était toujours à la même place. L'enfant dormait doucement.... Avait-il déjà oublié sa mère ?

Fleur de rosée ne pouvait dans l'obscurité voir les traits chéris de son fils ; mais elle entendait le bruit paisible de sa respiration, et, penchée sur la couchette, elle sentait l'haleine de son petit bien-aimé rafraîchir son front brûlant : c'était assez pour enivrer son cœur de mère.... Aussi les instants s'écoulaient rapides, et quand l'infortunée se ressouvint qu'elle était bannie, les derniers astres de la nuit s'éteignaient à l'occident. Elle sortit du camp en toute hâte, et reprit, triste et désolée, le sentier qui menait aux wigwams de la tribu hospitalière.

IV

L'arbre du supplice.

Deux fois la lune s'était renouvelée, et, chaque nuit, Fleur de rosée, conduite par l'ange gardien des mères, avait repris sa route périlleuse et était revenue pleurer et prier sur le berceau de Lèvre souriante. Le Ciel évidemment veillait sur elle, car nul ne s'était aperçu de ses pérégrinations nocturnes, ni dans le camp des chrétiens, ni, ce qui est plus extraordinaire encore, dans le camp des Delawares. Enfin le jour approchait où les tribus devaient quitter leurs territoires de chasse pour retourner dans leurs lointains villages. Cette pensée était pour la pauvre femme comme la blessure d'une flèche empoisonnée. Elle s'était presque habituée à l'exil, tant qu'elle avait pu, en exposant ses jours, visiter son enfant chéri; mais il fallait renoncer à cette consolation suprême, et, malgré son héroïque courage, son cœur maternel ne pouvait s'y résigner.

La veille du jour fatal était arrivé. Elle pria plus longtemps que de coutume, et, comme si une inspiration céleste fut venue la visiter, elle se releva plus forte et à demi consolée. La nuit étant venue, elle partit légère et rapide comme la biche que son faon appelle. L'obscurité était profonde, mais elle connaissait tous les sentiers de la forêt.

« Je l'emporterai, se disait-elle ; il grandira près de sa mère, le Grand-Esprit me l'a dit, et la Robe noire donnera à Lèvre souriante un nom chrétien. »

Comme de coutume, elle pénétra sans être aperçue dans la tente du chef delaware. Sa main rencontra le berceau où Lèvre souriante dormait d'un profond sommeil. Elle souleva doucement son petit bien-aimé, et le posant sur son cœur qui battait avez violence, elle sortit précipitamment du wigwam.

Déjà elle atteignait, chargée de son précieux fardeau, les dernières tentes de la tribu, quand l'enfant, éveillé par la fraîcheur de la nuit ou par la course rapide de sa mère, poussa un léger cri. Un sifflement aigu lui répond, et avant que Fleur de rosée eût pu recueillir ses esprits, elle voit briller dans l'ombre les yeux étincelants d'un sauvage, qui se précipite sur elle et la saisit. L'infortunée jette à son tour un cri de détresse.

« Fleur de rosée ! s'écrie le sauvage qui a reconnu la voix de l'épouse bannie du chef, Fleur de rosée enlève au Chasseur heureux Lèvre souriante !... Mais Loup cervier a des yeux et des oreilles, et pour cette fois Fleur de rosée ira voir s'il fait bon dans le paradis des visages pâles ! »

Bientôt toute la tribu fut sur pied. L'exaltation était extrême. Le Chasseur heureux frémissait de rage, et de toutes parts les injures et les imprécations pleuvaient sur l'héroïque et malheureuse mère. Celle-ci se consolait et se fortifiait contre ses outrages en regardant avec des yeux pleins de larmes d'amour son fils qui lui souriait et qu'elle pressait dans ses bras. Mais, hélas ! des mains barbares ne tardèrent pas à arracher de nouveau Lèvre souriante aux étreintes maternelles.

Dans la disposition des esprits, Fleur de rosée aurait été massacrée sur-le-champ, martyre de sa tendresse de mère et de sa foi chrétienne, si des craintes superstitieuses et surtout le désir de repaître ses yeux d'un spectacle sanglant n'avaient engagé la cruelle tribu à renvoyer son supplice au lever du jour. Attachée à l'arbre où elle devait expier son noble dévouement, l'épouse du Chasseur heureux fut condamnée à essuyer pendant le reste de la nuit les grossières invectives de la horde furieuse. Résignée à mourir, Fleur de rosée se recueillait dans sa prière, et si elle éprouvait quelque regret, c'était d'abandonner Lèvre souriante, car la mort lui paraissait mille fois plus douce que la vie loin de son enfant.

V

L'esprit du feu.

Enfin le jour commençait à poindre, mais le ciel était voilé d'épais nuages. Les sifflements sinistres du vent, précurseur de la tempête, retentissaient dans la forêt. Un violent orage allait éclater, et déjà l'oreille exercée de l'Indien distinguait les roulements lointains du tonnerre.

La tête penchée sur sa poitrine, Fleur de rosée voyait se rassembler autour d'elle, comme un troupeau de tigres altérés de sang autour d'une gazelle prisonnière, tous les guerriers de la tribu. Le supplice allait commencer, supplice effrayant et terrible.

Le sauvage aime à jouir des terreurs de sa victime, et quand son ennemi est tombé entre ses mains, il trouve un féroce plaisir à prolonger sa douloureuse agonie. Il fait planer longuement la mort sur sa tête, afin de lui arracher une plainte et de forcer son courage à se démentir. Dans le premier acte de ce drame lugubre, l'adresse du guerrier consiste à effleurer de son tomawak lancé avec force la tête et les épaules de sa victime.

Or, deux fois déjà, au milieu des applaudissements de la foule, l'arme menaçante s'était enfoncée dans le tronc de l'arbre auquel était attachée Fleur de rosée, à deux doigts au-dessus de la tête de l'infortunée. Les sauvages auraient alors entendu la voix mugissante de l'orage qui s'approchait, si leurs cris tumultueux n'avaient pas couvert le bruit du tonnerre. Calme et immobile, Fleur de rosée déployait un courage qui excitait de plus en plus la fureur de ses meurtriers. Ses lèvres chrétiennes murmuraient à demi voix une prière pour ceux qui la torturaient et un adieu touchant pour Lèvre souriante.

Tout à coup un tomawak vole comme l'éclair, effleure la peau du crâne de la jeune femme et arrache une touffe de ses cheveux!... Mais au même instant un effroyable coup de tonnerre retentit, les cieux s'embrasent, l'arbre du supplice jette des flammes, les tomawaks tombent des mains des guerriers, et leurs regards effarés cherchent en vain leur victime, dont les liens ont été brisés par la foudre et qui s'est enfuie au milieu de la consternation générale.

« Malheur! malheur! s'écrie le grand chef. Le

Manitou des visages pâles s'irrite contre nous !... La Robe noire ne disait-elle pas qu'il était l'Esprit du feu et que c'était sa main qui lançait le tonnerre ?... »

Un long cri d'effroi jeté par la tribu entière lui répond, et, au même instant, les sauvages atterrés voient sortir, du wigwam du chef, Fleur de rosée tenant son enfant dans ses bras, lui souriant au milieu de ses larmes et le comblant de caresses.

« Qu'elle vive, s'écria la tribu d'une commune voix, qu'elle soit rendue à la tente du Chasseur heureux, et qu'elle nous délivre de la colère du Manitou des Peaux blanches ! »

De son côté, le chef delaware s'était précipité aux genoux de son épouse.

« Pourquoi avais-je banni la fleur de mon wigwam, la douceur de mes jours ? » s'écria-t-il quand un nouveau personnage apparut sur la scène.

La tribu chrétienne qui avait accueilli la fille exilée des Delawares s'était aperçue, au moment fixé pour le départ, de l'absence de sa nouvelle sœur. Par une disposition miséricordieuse de la Providence, le bon missionnaire, inquiet sur le sort de Fleur de rosée, avait été conduit sur ses traces, et il arrivait au camp des Delawares au moment où se dénouait le drame que nous venons de décrire. L'occasion était favorable pour faire entendre la parole du salut. La voix de la Robe noire fut écoutée avec recueillement, et le prêtre dut promettre au chef d'aller le rejoindre bientôt dans son village.

VI

Conclusion.

L'année suivante, la tribu revint dans ses mêmes territoires de chasse. La Robe noire était avec elle et comptait dans ses rangs de nombreux et fervents néophytes. Sur l'emplacement de l'arbre frappé par la foudre, on dressa un autel au Manitou du paradis, et ce fut au pied de cet autel que le Chasseur heureux et Lèvre souriante reçurent un nom chrétien. Quant à Fleur de rosée, son souvenir se conserva longtemps parmi les tribus converties qui, dans leur juste vénération, l'avaient surnommée *la mère chrétienne des Delawares*.

LA CLEF DU PARADIS

I

Introduction.

.... Les petits enfants étaient joyeux. La grande sœur, blonde jeune fille, dont les cheveux dorés couronnaient un front plus resplendissant encore d'innocence que de beauté, et dont les yeux avaient un de ces regards calmes qui ne peuvent venir que d'une âme candide, partageait naïvement et de grand cœur leur gaieté quelque peu bruyante. Le père, la mère, l'aïeule elle-même, malgré ses quatre-vingts ans comptés, n'échappaient point à la contagion de la joie. La physionomie de cette dernière, où l'âge avait creusé plus d'une ride, sans en altérer toutefois la sereine tranquillité, s'illuminait du plus gracieux sourire. C'était un soir d'une journée de printemps. Le lendemain, devait éclore ce beau mois de mai, tant caressé par les poëtes, parce qu'il nous apporte une ample moisson de roses et de parfums, des brises tièdes et de chauds soleils; tant chéri par les âmes chrétiennes, parce qu'il répand sur elles d'ineffables trésors de grâces, et parce qu'il porte un nom plus doux que les plus douces senteurs, plus rayonnant que les plus beaux soleils, le nom de Marie.

C'est à ce dernier motif que nous devons rapporter l'allégresse de la pieuse famille.

Sur la cheminée du salon, d'où la chaleur printanière a exilé les tisons qui lançaient naguère des étincelles si réjouissantes, les enfants et la grande sœur avaient entassé des bouquets de fleurs odorantes cueillies de leurs mains, et dont les tiges plongeaient dans de gracieuses potiches, où l'art de la jeune fille avait disposé, avec un goût exquis, la douce figure de la Vierge, escortée d'anges, couronnée d'étoiles, et bénissant de petits enfants agenouillés à ses pieds. Aux deux extrémités de la cheminée, un candélabre à cinq branches brillait de tout l'éclat de ses bougies, et illuminait de ses vifs rayons la statue de la Madone, qui, posée sur un socle de velours brodé de riches paillettes, occupait la place de la pendule, et trônait en ce lieu comme une reine pleine de grâce et de douceur.

On allait bientôt inaugurer en famille, aux pieds de cette image sainte et consacrée à la Mère de Jésus, ce mois si beau dédié à Marie; et, pour couronner la fête, la bonne aïeule avait réservé la lecture d'une histoire manuscrite qu'elle avait reçue la veille, avec une lettre de l'aîné de ses petits-fils, jeune officier plein d'espérance de notre armée de Crimée. La famille ne connaissait encore de l'histoire que son titre ; et celui-ci — qui n'était autre que celui que vous avez vu, cher lecteur, en tête de notre nouvelle, — était bien propre, vous en conviendrez, à éveiller sa curiosité. Aussi constatons, par amour pour la vérité, que l'impatience se mêlait à la joie, mais seulement pour la rendre plus vive et non pas pour la troubler.

Or, quand les prières furent terminées, l'aïeule livra à la grande sœur le précieux manuscrit. Tout le monde se tut, et la jeune fille lut ce qui suit :

II

L'héritage d'une mère.

« Dans l'hiver qui suivit la révolution de 1830, à Paris, à l'étage d'une maison située dans un des quartiers les plus retirés de la vaste capitale, une pauvre femme se mourait. Le délabrement des murs de l'étroite mansarde qu'elle occupait, l'absence presque complète de mobilier, le grabat sur lequel elle gisait, à peine garantie des rigueurs de la saison par quelques débris de vêtements, attestaient la profonde misère de l'infortunée. Un jeune homme, qui paraissait avoir dix-huit ans, grelottait de froid et pleurait assis à son chevet.

» Le spectacle de cette détresse était d'autant plus douloureux à contempler que les habitants de la mansarde avaient connu des jours meilleurs. Mais, hélas! la prospérité ici-bas tient à peu de chose, et le moindre orage suffit pour renverser et détruire cette séduisante illusion qu'on appelle la fortune.

» Il y avait quelques mois seulement, ces malheureux, maintenant privés de tout, jouissaient de cette aisance qui n'a point l'éclat éblouissant du luxe et de l'opulence, mais qui embellit la vie comme un soleil tiède embellit une belle journée d'automne. L'orage de 1830 avait soufflé, et ce bonheur s'était évanoui comme un rêve....

» Le chef de la famille, attaché au gouvernement déchu, et redoutant plus la déloyauté que la misère, avait dû, pour rester fidèle à sa conscience, abandonner l'emploi lucratif qui constituait toute sa fortune. L'éducation honorable donnée à son fils, et les dépenses exigées par sa position, avaient absorbé jusque-là ses revenus ne lui avaient pas permis de réaliser des économies. Le serviteur de la royauté exilée, condamné à passer ainsi sans transition d'un bien-être enviable à une misère voisine du dénûment, brisé par les chagrins et les privations de tous genres, avait quitté la vie peu de temps après sa disgrâce, laissant à sa femme et à son jeune fils une tradition d'honneur et une misère toujours croissante.

» Le mobilier et les hardes de la famille, durant la maladie du père, étaient allés s'engouffrer pièce à pièce, sans espérance de les voir un jour revenir, dans cette banque du pauvre qu'on appelle *Mont-de-piété*. A travers ces épreuves, la femme avait usé ce qui lui restait de santé et de force physique; et quand son mari eut quitté le grabat de la mansarde pour aller reposer dans le champ des morts, exténuée par ses longues veilles et plus encore par ses douleurs morales, elle dut s'étendre à la place qu'il laissait vide, et dès lors elle eût pu concevoir l'espérance de rejoindre bientôt, dans la région où Dieu recueille les âmes saintes, celui qu'elle venait de perdre. Mais, hélas! semblable au navigateur, placé entre deux courants contraires qui l'entraînent vers deux rivages opposés d'où l'appellent des voix également chères, elle ne savait de quel côté diriger ses aspirations.... De la vie ou de la mort, que devait-elle désirer?... De l'autre côté de la tombe, l'âme de son mari lui apparaissait, la conviant à ce calme et à ce repos qui est l'éternel apanage de ceux qui meurent en Dieu; de ce côté, elle voyait son fils livré à toutes les rigueurs de la misère, exposé par sa mort, si jeune et seul, à toutes les tentations d'une existence tourmentée de tous les besoins, privée de tous les secours humains.

» Son âme eût été sans doute longtemps à s'agiter dans cette perplexité cruelle, si elle eût été moins profondément chrétienne. Mais les âmes chrétiennes jouissent de cet ineffable privilège de pouvoir opposer, aux tortures qui anéantissent les plus fiers courages, cette puissance passive de la résignation que les coups les plus violents atteignent, sans jamais la briser. Dans l'incertitude du résultat final de sa maladie, la sainte femme abdiqua sa volonté dans les mains de la Providence, et quand elle eut prononcé au fond de son cœur ce *fiat* sublime qui est la dernière expression de la piété du chrétien, elle éprouva un grand calme en son âme. Dans la sérénité de son regard et la douceur de ses paroles, son fils crut entrevoir que l'espérance se réveillait en elle. L'infortuné jeune homme, qui avait pour sa mère la plus vive et la plus tendre affection, en conçut une grande joie.

» Hélas! cette joie ne devait pas durer longtemps... Ce rayonnement de l'œil de la pauvre femme, que son fils prenait pour un signe de retour à la vie, était plutôt comme cette lueur suprême que jette la lampe qui va s'éteindre.

» La prostration physique de la malade n'avait fait que s'aggraver de jour en jour; et si, au moment où notre histoire nous introduit auprès d'elle, son âme n'a rien perdu de sa pieuse énergie, son corps est à bout de forces et, comme l'arbre longtemps battu par la tempête, sur le point de se briser.

» Toutefois le jeune homme ne s'en doutait pas. S'il pleurait au chevet de sa mère, ce n'est pas qu'il appréhendât de la voir bientôt rendre son âme et échapper à son amour : le dénûment dans lequel il se trouvait, et qui ne lui permettait pas de donner à la malade les soins qui, dans sa pensée, auraient pu la soulager, était la seule source où s'alimentaient ses larmes. La jeunesse doit, à son inexpérience sans doute, une force de confiance qui retient l'illusion dans son cœur, aussi longtemps que l'illusion est possible.

» La mère avait d'autres pensées et versait d'autres larmes; elle sentait la vie se tarir dans ses veines, et songeait plus que jamais à se préparer au grand voyage.

» Depuis quelques instants, les yeux fixés sur un crucifix de bois et sur une image de la Madone placés sur le mur faisant face au chevet de son lit, elle se recueillait en elle-même.

» En sortant de cette contemplation muette, et jetant un regard empreint d'une vive tendresse et d'une singulière mélancolie, elle lui dit de sa voix éteinte :

« Alphonse, quelle heure est-il?

— Midi vient de sonner, ma mère.

— Bien.... C'est l'heure où on le trouve ordinairement à son presbytère.... Va chez M. le curé, mon cher enfant, et dis-lui que j'aurais besoin de le voir au plus tôt. »

» Le jeune homme obéit. L'ordre que venait de lui donner sa mère n'avait rien d'alarmant à ses yeux. Plusieurs fois déjà il avait accompli de semblables missions et amené le bon curé auprès du lit de la malade.

» Il ne tarda pas à revenir accompagné du prêtre.

» Celui-ci eut bientôt jugé que la mère d'Alphonse était arrivée à cet instant suprême où les remèdes humains n'ont plus d'influence, et où l'on doit avoir recours à des remèdes d'un ordre plus haut, qui, s'ils ne sauvent pas le corps, rendent à l'âme, près de s'envoler à Dieu, cette innocence radieuse devant laquelle s'ouvrent les portes du paradis. Il était, sur ce point, en parfaite harmonie de sentiments avec la malade. Aussi, après lui avoir donné l'absolution de ses fautes, il l'oignit de l'huile consacrée et lui apporta le précieux Viatique des mourants.

» Alphonse commençait à comprendre le sort qui le menaçait. Plusieurs fois, durant la pieuse cérémonie, ses sanglots éclatèrent, et les paroles de consolation que lui adressa le prêtre en quittant la mansarde, achevèrent de déchirer le voile de ses illusions.

» Resté seul avec sa mère, le jeune homme tomba à genoux au pied du grabat, couvrit de baisers et de pleurs la main déjà froide de la mourante, et fut longtemps sans pouvoir tirer une parole de sa poitrine oppressée.

» A cette vue, deux grosses larmes roulèrent des paupières de la malade.

« Cher enfant, dit-elle, c'est la volonté de Dieu!... Je dois te quitter aujourd'hui.... dans une heure.... dans quelques instants peut-être.... Je sens que ma vie s'en va.... Il ne me reste plus qu'à te bénir et à te recommander à Dieu.... Qu'il soit ton père, pauvre orphelin!... et qu'elle soit ta mère, cette Vierge bénie dont l'image console ma dernière heure, et que j'ai si souvent priée pour toi!... »

» Les sanglots d'Alphonse redoublèrent à ces paroles, et la mère, épuisée par l'effort qu'elles lui avaient coûté, s'arrêta un instant.

« Mon fils, reprit-elle, la main qui nous frappe est une main miséricordieuse; les blessures qu'elle fait portent avec elles le baume qui les guérit. Ne murmure pas contre cette main divine. Tu recueilleras, je l'espère, le fruit des épreuves qu'elle a daigné répandre sur ton père et sur ta mère.... Des jours meilleurs se lèveront pour toi, mon fils.... Hélas! je te laisse seul sur la terre avec la misère pour compagne de ta jeunesse; mais ma confiance ne sera point trahie.... Le Ciel adoptera l'orphelin délaissé; et, si tu dois vivre ici-bas malheureux et souffrant, un jour, du moins, tu viendras nous rejoindre dans le paradis.

» La mourante fit une nouvelle pause, prit sous son chevet un rosaire longtemps usé sous ses doigts, et le tendant au jeune homme :

« D'autres, en mourant, dit-elle, laissent à leurs enfants des terres et de l'or, moi je ne puis te laisser que l'espérance de me revoir un jour dans le sein de Dieu..., et voici, mon fils, le gage de cette espérance!... Prends ce chapelet.... Il te rappellera tes deux mères, toutes deux au ciel, c'est mon espoir.... Il sauvegardera ton âme contre les dangers et les piéges de la vie, et il sera pour toi la clef du paradis!... Chaque jour tu le réciteras en mémoire de moi et en mémoire de celle à qui je te confie.... Tu me le promets, Alphonse? »

» Alphonse saisit le pieux objet, le pressa sur ses lèvres, et au milieu de ses sanglots retentirent ces paroles, parties du plus profond de son cœur :

« Oh! oui, je vous le promets.... jusqu'à mon dernier soupir!...

— Mon fils, je te bénis ! répondit la mère ; adieu !... jusqu'au moment qui nous réunira pour toujours !... »

» En disant ces mots, elle attira vers elle la tête d'Alphonse, imprima un baiser sur le front du jeune homme, et exhala son âme dans cet embrassement maternel.

III

Vingt ans plus tard.

» La douleur d'Alphonse fut immense. On eut de la peine à le séparer de sa mère qu'il tenait embrassée ; et quand le corbillard des pauvres eut traîné celle-ci au cimetière, quand la pelle du fossoyeur eut entassé sur son cercueil la terre qui couvre les morts, le malheureux orphelin poussa un cri d'effroi et perdit un instant l'usage de ses sens. Sa jeunesse et les soins de quelques personnes charitables triomphèrent de ces rudes épreuves. Quelques jours plus tard, remis à moitié des secousses qui avaient broyé son cœur, et rendu à son isolement et à sa misère, le jeune homme dut songer à se procurer le pain de chaque jour. Une seule carrière semblait lui offrir quelques chances de succès. C'était celle d'ailleurs qu'il avait rêvée depuis son enfance : la carrière militaire. Le métier de soldat devait lui épargner les humiliations que, dans sa position de fortune, il eût essuyées partout ailleurs. « Il est toujours beau de servir son pays, se dit-il, quelque rang qu'on occupe dans la hiérarchie militaire.... » Au reste, son éducation avait été soignée, et son imagination n'était point folle quand elle lui montrait dans l'avenir de brillantes épaulettes comme prix de ses labeurs et de ses efforts. C'est, en effet, sous l'uniforme de chef de bataillon d'un régiment de ligne que notre histoire le retrouve, vingt-trois ans après la mort de sa mère.

» Nous avons besoin, pour rejoindre Alphonse, de franchir les mers et de nous transporter sur ce sol héroïque de la Crimée, où les soldats de la France ont moissonné tant de gloire et arrosé de leur sang les plus beaux lauriers de notre histoire contemporaine.

» Notre jeune homme d'autrefois vient d'atteindre sa quarante-deuxième année. Son teint a été bronzé par le soleil de l'Algérie, où il a passé de longs jours et pris part à maintes glorieuses expéditions. C'est sur cette terre, longtemps la seule école de la bravoure française, qu'il a conquis un à un tous ses grades, et qu'il a vu, après une mémorable journée dans les plaines d'Isly, l'étoile de l'honneur briller sur sa poitrine. Sa vieille renommée de valeur et d'intrépidité, scellée de plus d'une noble cicatrice, l'a suivi dans les champs de Crimée. A l'Alma, il fut distingué parmi les plus braves dans une action où tous les soldats parurent autant de héros.

Mais, hélas! si la vertu militaire avait grandi en lui chaque jour, il n'en avait pas été de même des sentiments religieux de son enfance. Ils s'étaient étiolés au milieu des labeurs des camps, qui cependant, nous en avons de nombreux exemples, ne sont pas contraires à leur fécond épanouissement. Alphonse avait diminué peu à peu ses pratiques religieuses, à mesure que son cœur s'était refroidi et que sa foi s'était affaissée sous de fatales influences. Un hasard funeste l'avait mêlé à quelques hommes impies, et, respirant auprès d'eux un air vicié, il avait éprouvé les atteintes de cette maladie affreuse qu'on appelle l'incrédulité. Toutefois, quelle que fût la confiance qu'il accordât aux apôtres du scepticisme qui l'entouraient, elle n'alla jamais jusqu'à lui faire oublier la promesse faite à sa mère mourante.

» L'héritage maternel l'avait suivi partout, placé sur son cœur; et, dans ses heures rêveuses, il lui arrivait parfois de se demander s'il n'avait pas dû son bonheur dans la guerre, et même son avancement dans l'armée, à la fidélité scrupuleuse qu'il avait mise à réciter chaque jour son rosaire, dans la garnison comme sous la tente et au bivouac. Il est vrai qu'ensuite il riait de ce qu'il appelait une vaine superstition, mais il n'en continuait pas moins à demeurer fidèle à son serment. Depuis de longues années, ce culte était le seul qui lui restât au milieu des débris de ses croyances jetées au vent ; mais semblable à ces rejetons qui survivent au tronc renversé, il devait, dans les desseins de la Providence, faire un jour renaître l'arbre dont la tempête avait flétri et éparpillé les rameaux.

» La veille de la mémorable et sanglante journée d'Inkermann, vers le déclin du jour, Alphonse venait de rentrer dans sa tente, harassé, épuisé par un long service dans les tranchées. Enveloppé dans son manteau, il s'était jeté sur la dure couche du soldat, et le sommeil n'avait pas tardé de clore ses paupières. Il dormait ainsi depuis une heure, quand le galop d'un cheval qui passait près de sa tente vint brusquement interrompre son paisible repos. C'était presque à nuit close. L'officier se releva à demi, se frotta les yeux et croisa les bras sur sa poitrine comme pour prêter l'oreille au bruit qui l'avait réveillé. Le sommeil des camps est exposé à tant de surprises que la précaution de notre héros n'a rien d'étrange.

» Il fut quelque temps dans la même position, attentif et retenant son haleine.

« Ce n'est rien, dit-il enfin, j'aurais mieux fait de continuer mon somme.... Mais, bref, je rattraperai le temps perdu. »

» Il allait se recoucher, quand sa main sentit un

objet placé dans la poche de sa tunique, bien à l'endroit de son cœur.

« Et le chapelet de ma mère!... s'écria-t-il. La fatigue m'accable... le sommeil me tue.... N'importe ; un soldat n'a que sa parole : j'ai promis, je tiendrai.... En garde ! et en avant!... M. le sommeil, pour le quart d'heure, je suis décidé à vous traiter en Cosaque et à vous apprendre, si vous ne le savez pas encore, à rendre les armes à un officier français.... »

» Ce disant, il bondit de sa couchette, et, assis sur une sorte de coffre qui était l'unique siège de la tente, il se mit à réciter son chapelet. Il faisait une pause à chaque dizaine.

« C'est singulier, se disait-il.... Le sommeil a fait volte-face, juste comme un conscrit de Gortschakoff qui voit poindre la calotte rouge d'un de nos zouaves.... Je ne sens plus la fatigue qui tout à l'heure m'étreignait dans tous mes membres comme un poids de plomb.... Suis-je fou... ou bien ce chapelet a-t-il un merveilleux privilège ? Je l'ai cru autrefois... ma mère le croyait... La sainte femme avait une confiance sans bornes dans l'efficacité de la prière, surtout quand, pour arriver à Dieu, elle passe par les mains de la Vierge Marie.... Lequel vaut mieux de ma crédulité d'autrefois ou de mon scepticisme d'aujourd'hui?... Mais, je radote.... Ce sont là des questions trop sérieuses pour un moment de repos. Continuons.... »

» Les grains continuaient en effet à glisser sous les doigts de l'officier; mais, quoi qu'il fît pour l'écarter, le grave problème se posait toujours devant lui avec une persistance toute providentielle.

« Enfin, quel est le parti le plus sage, reprenait-il à haute voix, de s'agenouiller devant Dieu comme je le faisais dans ma jeunesse, comme mon père et ma mère le faisaient, et de songer à la vie future, ou de vivre comme je le fais aujourd'hui, sans nul souci du Créateur, et sans inquiétude pour l'avenir de par delà la tombe?... Mais fuyez donc, sottes idées!... je vous passerai en revue demain....

— Pourquoi pas aujourd'hui, commandant? dit une voix dont le timbre connu fit tressaillir l'officier.

— Vous ici, mon Père? s'écria Alphonse, et vous m'avez entendu?

— Comme vous le dites! commandant, répondit l'aumônier en prenant place sur le siège à côté de notre héros. Je viens de réciter les dernières prières de l'Eglise sur quelques-uns de nos blessés agonisants; et la Providence a voulu que, passant près de votre tente en revenant de l'ambulance, j'entendisse votre *aparté*. Votre monologue m'a fait croire que mon ministère pourrait vous être de quelque utilité en ce moment, et je suis entré chez vous sans plus de cérémonie.

— Merci, mon Père, dit l'officier d'une voix émue;

vous avez bien pensé et bien fait. » Et il tendit au prêtre, qui la serra affectueusement dans les siennes, sa main qui tenait encore le chapelet.

« Ah! vous récitez le chapelet!... Jusqu'ici, commandant, vous passiez dans l'armée pour la fine fleur des braves; mais, juste ciel! je ne sache pas que personne eût osé vous compter parmi les dévots!...

— Je comprends votre étonnement, mon Père... C'est là toute une histoire. Si vous le permettez, je suis tout disposé à vous la raconter.

— Vite, commandant, je suis tout oreille à votre récit.

— Voilà vingt-trois ans que je n'ai laissé passer un jour, un seul jour sans réciter mon chapelet....

— Est-ce possible?.... s'écria l'amônier de plus en plus surpris.

— Il est vrai, reprit Alphonse, que, depuis près de vingt ans, c'est le seul acte de religion que je me sois permis!... et je l'ai fait uniquement en mémoire de ma mère....

— N'importe, ajouta le prêtre, cette fidélité à prier Marie ne peut manquer d'avoir sa récompense. »

» L'officier raconta alors, non sans verser des larmes, l'histoire que nous avons déjà fait connaître.

» Quand il eut terminé, l'aumônier, vivement ému lui-même, s'écria en serrant la main d'Alphonse:

« Et maintenant, mon ami, êtes-vous encore décidé à renvoyer à demain la solution du problème qui vous occupait tout à l'heure?...

— Non... la question est tranchée désormais.

— Comment et dans quel sens? reprit l'aumônier avec un tressaillement d'espoir.

— Dans le sens de Dieu, qui a arrangé tout ceci et vous a amené vers moi pour que la prophétie de ma mère mourante eût son accomplissement.... L'héritage de la sainte femme ne manquera pas son but; et, après avoir eu dans mes mains la clef du paradis, je n'irai pas brûler dans l'enfer.... Mon Père, vous allez me confesser. »

» L'officier était tombé aux pieds du prêtre; et quelques instants après, la sentence d'absolution réconciliait son âme avec Dieu, et lui rendait cette sève de foi et de vertu qu'elle avait possédée naguère.

» Avant de se séparer, le prêtre et le soldat s'embrassèrent en pleurant.

« Quel héritage vous a légué votre pieuse mère! dit l'aumônier. Mon ami, je savais déjà qu'on ne prie jamais en vain la Reine du ciel.... Je viens d'en acquérir une nouvelle preuve.... Vive le chapelet! et vive aussi le culte des mères!...

— Et viennent maintenant, ajouta Alphonse, les boulets et les balles de l'ennemi.... Mes passeports sont signés.... Je montrerai ma clef du paradis, et j'espère bien qu'on la reconnaîtra là-haut, comme vous l'avez reconnue ici.... Adieu, mon Père !... »

» L'officier dut sans doute consacrer quelques instants encore à une prière d'action de grâces des plus ferventes. . . . .

. . . .

» Le lendemain, le soleil d'Inkermann, qui se leva au milieu des brouillards et des fumées de la poudre, fut témoin d'une lutte horrible. La France cueillit dans ces champs une grande gloire et les arrosa de son sang le plus pur. Alphonse y était et n'en revint pas : on le trouva parmi les morts.... Sa main droite serrait encore la poignée de son sabre et son chapelet !... Ce dernier n'avait-il pas été pour lui la clef du paradis ?...

IV

Conclusion.

Ici finissait le manuscrit de l'aïeule. L'assistance avait versé plus d'une larme dans le cours de ce récit; et quand la lecture fut terminée, les petits enfants et la grande sœur ne manquèrent pas de dire à l'aïeule, en recevant d'elle le baiser du soir :

« Grand'mère, nous n'oublierons pas la clef du paradis, et comme Alphonse, nous ne passerons pas un jour sans réciter notre chapelet. »

Puissiez-vous, chers lecteurs, à qui nous venons de transmettre la même histoire, sous l'influence des mêmes émotions, prendre, si vous ne l'avez fait déjà, la même résolution pieuse, et vous munir, dès ce jour, de cette clef du paradis si douce à porter!...

FIN

TABLE

L'ÉMERAUDE DE BERTHE

LA SŒUR DU CONDAMNÉ

L'ÉPREUVE DE LA CHARITÉ

CE QU'UN NOM VALUT A LA FRANCE

SAINT LOUIS ET LES HABITANTS DE SAINT-SATURNIN-DU-PORT

LA PETITE MARCHANDE D'ALLUMETTES

LA FILLE DE L'AVEUGLE

UNE MÈRE

LA CLEF DU PARADIS

CHEZ LE MÊME ÉDITEUR

ET CHEZ LES PRINCIPAUX LIBRAIRES

☞ *En envoyant le prix en timbres-poste, ou en un mandat sur la poste, on recevra* franco *à domicile.*

Volumes grand in-8° à 4 fr.

Aymar; par Marie Emery.
De la Loire aux Pyrénées; par la comtesse de la Grandville.
Fastes de la marine française (les) : *marine marchande, découvertes, explorations scientifiques;* par A. S. de Doncourt.
Fastes de la marine française (les): *marine militaire;* par le même.
Fastes militaires de la France (les); par le même.
Grandes Entreprises du XIXe siècle (les); par le même.
Histoire anecdotique des fêtes et jeux populaires au moyen âge; par Mlle Amory de Langerack.
Itinéraire de Paris à Jérusalem, par Chateaubriand; édition revue par M. de Cadoudal.
Lacordaire et Perreyve : études historiques et biographiques; par MM. de Montrond et A. Laurent.
Martyrs (les), par Chateaubriand; édit. revue par M. de Cadoudal.
Missions catholiques (les) dans toutes les parties du monde; par M. de Montrond.
Modèles les plus illustres (les) dans le Sacerdoce et la Religion; édition complètement revue et augmentée; par le même.
Perles de la littérature contemporaine; par Mme de Gaulle.
Récits du foyer; par Mme Bourdon.
Récits d'un bon oncle sur l'Europe, l'Asie, l'Afrique, l'Amérique et l'Océanie; imités de l'anglais, par Mme de Montanclos; ornés de 25 *vignettes.*
Souvenirs d'histoire et de littérature; par M. Poujoulat.
Une Visite à chacun; par A. E. de l'Etoile.
Voyage dans les Indes Occidentales, traduit de l'anglais d'Angus Reach; par Mme Léontine Rousseau.

Grand in-8° à 2 fr. 50.

Adhémar de Belcastel, ou Ne jugez pas sans connaître; par Mme de Gaulle.
Chine et la Cochinchine (la) : géographie physique et politique; climat, productions, expédition franco-anglaise, expéditions françaises en Cochinchine depuis leur origine; notice sur l'empire annamite; par J. E. Roy.
Correspondance de famille; par J. Aymard.
Faits miraculeux de Lourdes (les principaux); par M. l'abbé Barbé.
Georges Bertrand, ou Dix Ans à la Nouvelle-Zélande; par A. S. de Doncourt.

Homme au boulet (l'); par Abel George.
Petits-Fils d'Émaï (les), ou la Nouvelle-Zélande à notre époque; par A. S. de Doncourt.
Quinze Neveux de monsieur Planchon (les); par Abel George.
Russie (Histoire de), depuis les temps les plus reculés; par J. E. Roy; continuée jusqu'à nos jours par M. de M***.
Scènes de la vie des animaux; par M. G. P., Naturaliste.
Souvenirs d'Angleterre; par M. Robert, chan. honoraire de Tours.
Souvenirs d'Italie; par le marquis de Beauffort.
Traits édifiants; par M. D***.

In-8° (de 600 pages environ) à 4 fr. 50.

Château de Bois-le-Brun (le), suivi de Laure de Cernan; par S. Bigot.
Explication des Epîtres et Evangiles de tous les dimanches et des principales fêtes de l'année; par le T.-H. F. Philippe, supérieur général des Frères des Ecoles chrétiennes.
Histoire de la Vie de N.-S. Jésus-Christ; par le P. de Ligny; suivie d'un Précis des Actes des Apôtres.
Souvenirs de voyage : la Suisse, le Piémont, Rome, Naples, toute l'Italie; par la comtesse de la Grandville.
Triomphe de l'Evangile (le); traduit de l'espagnol, par Buynand des Echelles.

In-8° à 2 fr. 50.

Auvergne (Mgr) : ses voyages au mont Liban, au Sinaï, à Rome, etc.
Château de Bois-le-Brun (le), ou la Famille mixte; par S. Bigot.
Christianisme au Japon (le); par M. le comte de Lambel.
Constantinople : histoire de cette ville célèbre; par M. de Montrond.
Dieu, le Christ, son Eglise, ses Sacrements; par M. l'abbé Petit, vicaire gén. de la Rochelle.
Dorsigny (les), ou Deux Educations; par S. Bigot.
Etudes et Portraits; par M. Poujoulat.
Gerbert, archevêque de Reims, pape sous le nom de Sylvestre II : sa vie et ses écrits; par M. l'abbé Loupot.
Laure de Cernan; par S. Bigot.
Musiciens les plus célèbres (les); par M. de Montrond.
Naples : histoire, monuments, beaux-arts, littérature. L. L. F.
Poëtes les plus célèbres (les) : français, italiens, anglais, espagnols.
Prélats les plus illustres de la France (les); par M. de Montrond.
Saint Amand (Histoire de), évêque-missionnaire, et Étude sur l'état du christianisme chez les Francs du Nord au VIIe siècle; par l'abbé C. J. Destombes.
Saint Ambroise, évêque de Milan : sa vie et extraits de ses écrits.
Saint Athanase : sa vie et extraits de ses écrits.
Saint Augustin, évêque d'Hippone : sa vie et extraits de ses écrits.
Saint Basile : sa vie et extraits de ses écrits.

Saint Bernard: sa vie et extraits de ses écrits.
Saint Cyprien : sa vie et extraits de ses écrits.
Saint Eloi (Vie de), évêque de Noyon et de Tournai, par saint Ouen; traduite et annotée par l'abbé Parenty. 2 *grav. sur acier.*
Saint Éphrem : sa vie et extraits de ses écrits.
Saint Grégoire de Nazianze : sa vie et extraits de ses écrits.
Saint Jean Chrysostôme : sa vie et extraits de ses écrits.
Saint Jérôme, solitaire et prêtre : sa vie et extraits de ses écrits.
Saint Laurent, diacre et martyr; par M. l'abbé Labosse. 4 *grav.*
Saint Martin, évêque de Tours; par M. de Montrond.
Savants les plus célèbres (les); par le même.
Sicile (la) : souvenirs, récits et légendes; par M. l'abbé V. Postel.
Souvenirs de voyage; par Mme de la Grandville. 2 *vol.*
Syrie (la) en 1860 et 1861 : massacres du Liban et de Damas, et expédition française; par M. l'abbé Jobin. *Carte.*
Variétés littéraires; par M. Poujoulat.
Vendeville (Mgr Jean), évêque de Tournai; par le R. P. Possoz.
Wiseman (le cardinal) : étude biographique; par M. de Montrond.

In-8° à 1 fr. 50.

Antoine, ou le Retour au village; par M. l'abbé De Valette.
A travers l'Océanie; par Mme la comtesse Drohojowska.
Bon Conseiller (le) : avis, maximes, sentences. *Avec approb.*
Conquêtes du Christianisme en Asie, en Afrique, en Amérique et en Océanie; par C. Guénot.
De La Salle (le V. Jean-Baptiste), fondateur des Ecoles chrétiennes.
Deux Vocations; par S. Bigot.
Dom Léo, ou le Pouvoir de l'amitié; par E. S. Drieude.
Edmour et Arthur; par le même.
Empereurs romains (Histoire des), d'après Crevier; par M. Boissart.
Epreuves de la piété filiale (les); par E. S. Drieude.
Ere des Martyrs (l'); par l'abbé de Saint-Vincent.
Espagne (Histoire d'), par J. E. Roy; continuée jusqu'à nos jours, par M. de Manet.
Europe chrétienne (l'); par C. Guénot.
Fêtes catholiques (Histoire des); par Mlle Amory de Langerack.
Fleurs des Martyrs au XIXe siècle: Chine et Cochinchine; par A. S. de Doncourt.
Fleurs des Martyrs au XIXe siècle : Corée et Maduré; par le même.
Francis, ou un Cœur chrétien; par A. E. de l'Etoile.
Guerre de cent ans (la), entre la France et l'Angleterre; par A. de la Porte.
Guerre du Mexique (la), 1861-1867; par M. L. Le Saint.
Guerre entre la France et la Prusse (la), 1870-1871; par le même. — Ce volume est précédé d'une CARTE COMPLÈTE du théâtre de la guerre.
Histoire naturelle, d'après Cousin-Despréaux.

Journal de Clotilde; par Mlle S. Wanham.
La Tour d'Auvergne (Histoire de), 1er grenadier de France; par A. Buhot de Kersers.
Lieux saints (les) ; par Mgr Maupoint, évêque de Saint-Denis.
Lorenzo, ou l'Empire de la religion ; par E. S. Drieude.
Mardis de Marguerite (les); par Marie Emery.
Marie-Antoinette et Madame Elisabeth; par F. Lafuite.
Marie Stuart, reine de France et d'Ecosse; par A. Laurent.
Martyrs du Japon (les); par M. de Montrond.
Mendiante de Saint-Eustache (la); par Mme C. Breton.
Morts héroïques (les) pendant la guerre de 1870-1871 et pendant la Commune; par C. d'Aulnoy.
Mosaïque de la jeunesse : variétés intéressantes et instructives. 28 *gravures*.
Page du comte de Flandre (le); par M. Barbé.
Pèlerinage en Terre-Sainte; par M. l'abbé Daspres.
Philippe Auguste, roi de France; par Mazabran.
Rosario : histoire espagnole ; par E. S. Drieude.
Sanctuaires les plus célèbres de la sainte Vierge en France (les); par M. de Gaulle. (Première partie.)
Sanctuaires les plus célèbres de la sainte Vierge en France (les); par le même. (Deuxième partie.)
Scènes de la vie des animaux; par M. P***
Siège de Paris (le) : journal historique et anecdotique; par Ed. Delalain.
Solitaires d'Isola-Doma (les); par E. S. Drieude.
Souvenirs des Ambulances; par A. S. de Doncourt.
Une Guerre de famille; par Marie Emery.
Youlofi (les) : histoire d'un prêtre et d'un militaire français en Afrique; par de Préo.

— Lille. Typ. J. Lefort. 1878 —